Foi um péssimo dia

Natalia Borges Polesso

Foi um péssimo dia

2ª impressão

Porto Alegre São Paulo · 2024

para a minha mãe

Eu acho que lembrar da gente anos antes é um ótimo exercício para se compreender no agora. Não precisa fazer muito esforço, é só deixar a cabeça vagar nas memórias. Será que mudei muito? Às vezes me pergunto como eu era, como era a minha vida. Eu imagino assim: a minha mãe tinha vinte e nove, trinta anos, e duas crianças para dar conta. Uma guria de oito e um guri de cinco. Eu não consigo nem imaginar como alguém de vinte e nove anos — que agora eu sei que é ainda muito jovem — consegue lidar com duas pessoinhas. A guria, que no caso sou eu, já mostrava sinais de ser uma baita ansiosa. Praticamente a inventora da síndrome do pânico como a conhecemos, além de bastante exagerada. Já não era a primeira vez que, havendo atraso para buscá-la na escola, tinha ataques de pânico. Pobre criança (eu, no caso). Uma vez, quando eu tinha seis anos, a mãe se atrasou para me pegar na pré-escola, se atrasou um pouco só, talvez uns quinze minutos, mas eu não tive dúvidas e peguei carona com uma desconhecida que me levou para casa, não encontrando ninguém, porque, afinal, minha mãe estava na porta da escola, apavorada, falando com o pessoal todinho, até que a professora disse:

— Ah, eu acho que ela foi com os Marasca. Eu vi ela entrando na caminhonete.

Naquele dia a aula tinha sido sobre ecologia, e a mãe da Jenifer Marasca tinha ido até a escola de caminhonete Pampa para levar mudas de árvores que a família plantava para se escusar do fato de ter uma madeireira. Isso significa que eu não tinha entrado no carro de uma completa desconhecida. Eu conhecia a filha da mulher, mas a mulher em si eu não sabia quem era. Minha mãe voltou para casa e encontrou a caminhonetinha dos Marasca na frente do nosso prédio, eu com a cara toda vermelha e manchada de choro e a expressão de quem tinha feito coisa errada, suja de terra, segurando uma arvorezinha. A Jenifer, uma guria odiosa, passou o caminho todo dizendo coisas como "mas a tua mãe nunca ia te abandonar". Pausa. "A menos que tu tenha feito algo muito feio em casa, senão ela nunca ia te deixar na escola sozinha". Pausa. "Vai ver aconteceu alguma coisa com o teu irmão, senão ela nunca te deixaria, imagina se ela ia te esquecer". Pausa. "Só se ela estivesse fazendo alguma coisa muito mais importante do que te buscar". Ela fazia pausas sádicas. Eu nem conseguia mais ouvir, porque o meu coração batia tão, mas tão forte que ficava difícil escutar através da pressão nos meus ouvidos. Naquele dia, achei que minha cabeça ia arrebentar de tanta agonia. Ficava pensando coisas como *será que minha mãe morreu? Será que meu irmão morreu? Será que alguém morreu? Será que ela foi atropelada? Será que acordou e pensou que não gosta mais de mim?* Quando a minha mãe chegou, estava usando uma saia jeans que eu amava, porque parecia um rabo de sereia, e aquilo me tranquilizou. Daí a mãe da Jenifer falou para a minha:

— É que ela tava chorando muito, achei melhor trazer, coitadinha.

— Obrigada — minha mãe respondeu, mas eu sei que ela queria dizer outras coisas menos polidas, "e nunca mais pegue a minha filha sem autorização!", mas tinha cansaço de discutir.

Ela sorriu e me pegou no colo para me ajudar a descer da caçamba.

— O que é isso?

— Uma cerejeira — a mãe da Jenifer respondeu.

— Ah, que ótimo. — Ela não achava ótimo.

— É boa pra plantar num jardim, dá uma bela árvore florida.

A minha mãe olhou para o prédio onde morávamos. Tudo concretado, com exceção de um pequeno quadrado de terra onde havia umas flores e um fícus. Segurei firme a minha árvore, que soltou um torrão de barro em mim, como se tivesse se cagado. Minha mãe suspirou e sacudiu a cabeça.

Era o final dos anos 80, e tudo isso era normal. Pessoas levavam a filha das outras para casa sem avisar, crianças passeavam na caçamba dos carros, ninguém usava cinto de segurança, ansiedade era coisa que se curava com chinelada e/ou benzedura. E o mais maluco de tudo: existia uma bala assassina, a terrível e deliciosa bala Soft. Tinha o formato de uma moeda grossa ou um botão sem furos, era escorregadia e vinha em diversas cores e sabores. A gente botava na boca já rezando para não se engasgar e morrer — mas não era um risco que a gente calculava, tipo, a gente não se perguntava *será que vou morrer por asfixia com essa bala entalada na minha goela?* Nada disso, era algo banal. *Tomara que eu não morra*, e bala na boca. Um perigo adocicado.

Entramos em casa e minha mãe me xingou e depois falou que nunca mais era para eu ir embora com outra pessoa que não ela mesma ou alguém que tivesse sido mandado pessoalmente por ela com uma ordem escrita e assinada. Eu disse que tudo bem, mas que ela não demorasse então. Daí ela sacudiu as mãos no ar e eu senti que estava sendo sacudida junto. Depois ela pediu desculpas.

— Minha filha, eu te falo essas coisas porque te amo, entende?

— Sim. — Eu não sei se eu entendia. Era um jeito estranho de amar. Lógico que eu via amor em outras ações, mas naquelas não. Só que eu não era boba de responder não para uma pergunta assim. Eu era uma criança, não uma idiota.

— Onde tu vai plantar isso?

— Num vaso.

Ela sacudiu de novo as mãos, botou uma delas na boca como se quisesse se impedir de falar, mas falhou e disse o que pareceu ser apenas a conclusão de uma longa formulação:

— A vida adulta, Natalia, não é simples.

Depois me perguntou se eu queria comer. Eu disse que não. Estava muito enjoada. Eu ficava nesse estado quando nervosa. Era um risco de magra. Até os treze anos, meus apelidos eram Pernas de Rã, Caniço de Pesca, Pinto Molhado (esse eu odiava e nem entendia o motivo), Taquarão, entre outros. Depois dos treze, o meu corpo já era outro. Mas, bem, estou misturando todos os tempos. Vamos voltar.

Minha mãe tinha vinte e nove, trinta anos. Dois filhos. Uma guria de oito e um guri de cinco. A guria, que no caso sou eu, já mostrava sinais de ser uma baita ansiosa. Sabe, escrever memórias é reaprender coisas sobre a gente mesmo e também se dar uma chance para revisões. Então agora vejo que, com a mudança, minha ansiedade piorou. Cidade nova. Fomos morar numa casinha de tábuas furadas, tinha sala, cozinha, dois quartos e um banheiro. Tudo minúsculo. Eu gostava, porque estávamos todos sempre muito juntos. O pai, a mãe, meu irmão Mateus e eu. Juntos na casinha que parecia até de brinquedo. Eu gostava, porque me sentia perto deles, e também porque tinha um pátio na porta, e não um corredor frio e fedido. Levei a árvore no vaso, e a primeira coisa que fiz ao chegar na nova morada foi plantar a imensa no pátio. Imensa era como minha mãe chamava a árvore. Não era uma cerejeira, descobrimos; era uma laranjeira. Não era grande nem nada, mas tinha crescido bastante. Acho que o apelido era mais pelo incômodo da minha mãe. Meu pai instalou uma piscina de plástico na laje do lado de fora da casa, porque naquela cidade fazia um calor infernal. Não se ouvia falar em mudança climática tanto quanto hoje, mas já existiam conferências sobre o clima, a natureza e a destruição do planeta. Chamávamos a cidade carinhosamente de buraco quente. Quer dizer, a gente não morava *exatamente* no buraco quente, a gente morava na divisa entre o buraco quente e o buraco um pouco menos quente — que era infernal igual. Era o pé de um vale. O apelido não era apenas pelo fato de ser extremamente quente, mas por dizerem que era uma localidade extremamente perigosa. Nossa casa tinha furos de bala. De tiro. E a gente ouvia mesmo uns tiros, às vezes. À noite, eu ficava colocando o dedo no buraco de bala que tinha bem do lado da minha cama e calculando qual seria o melhor ângulo para dormir sem ser atingida por uma. Nunca aconteceu nada disso, ninguém da minha família nunca levou tiro, nesta história não tem tiro. Quer dizer, um dia eu vi um vizinho perseguindo um cara com uma arma. O cara conseguiu escapar, eu acho, porque o vizinho voltou caminhando como se tivesse desistido e deu bom dia pro meu pai, que tava atrás de mim. Nesse dia, o meu pai me disse que era imprescindível ter uma boa relação com os nossos vizinhos. Sempre tivemos. Eu não sabia o que era imprescindível.

Meu pai tinha quarenta anos. Ele parecia ser bem sabido para essas coisas da vida, mas muito burro para ganhar dinheiro. Só que isso não tinha nada a ver com burrice ou esperteza. Quer dizer, até tinha, mas existiam outros assuntos também, que levavam em conta a economia e a política, palavras que a gente ouvia muito na televisão. Não entendi muito bem por que tínhamos nos mudado de um bom apartamento numa cidade fresca para uma casinha naquele buraco quente. Parecia que nossa vida estava indo também para o buraco. Não tínhamos a mesma fartura na mesa, meus pais andavam mais sérios e tudo estava um pouquinho mais difícil. Até a chegada da piscina.

A chegada da piscina inaugurou uma vida boa para mim. Meu pai esticou a lona, juntou os ferros e os canos, armou tudo e depois encheu com a mangueira. Durante a semana, eu não conseguia entrar sempre na água; de manhã eu tinha que fazer os temas de casa e ajudar a minha mãe, e de tarde eu ia para a escola e, quando voltava, às vezes já não estava mais tão quente assim, então eu comia, ajudava a mãe e ia brincar com meu irmão ou assistir televisão. Mas no fim de semana a gente sempre entrava, e eu ficava lá com o Mateus até murcharmos, até nossos dedos ficarem brancos e enrugados e irreconhecíveis como partes de um corpo humano. O pai e a mãe também entravam. Aí era um pouco chato, porque não sobrava muito espaço para a gente mergulhar. Não que desse para mergulhar de verdade, a água da piscina batia no meu joelho, mas, se a gente se deitasse bem, dava. A água tinha que durar o mês todo, e acompanhávamos sua resistência pela mudança de cor. Era a mãe quem controlava isso. Ela era o nosso sensor.

Bom, quando aconteceu o que eu creio ter sido um péssimo dia para a minha mãe, eu tinha nove para dez anos e muito mais autonomia. Às vezes, eu ia para a escola sozinha. Quase sozinha. O trabalho do meu pai era na metade do caminho, então eu ia com ele até lá e depois andava mais umas quatro quadras na avenida, depois dobrava à esquerda, andava mais duas quadras, pegava a rua da pracinha e andava mais duas quadras, virava a primeira à esquerda e depois à direita e pronto: dali já dava para ver as grades da escola. Eu até poderia voltar sozinha, mas a mãe preferia me buscar, porque era horário de saída das fábricas e a rua ficava lotadinha de gente, bicicleta, carro, moto, mobilete. Todo mundo queria ir para casa logo e ficava vidrado nesse objetivo, sem prestar atenção em mais nada. Eu vi muitos cachorros quase serem atropelados — e seria muito triste ver uma cena dessas. Minha mãe ficava preocupada, pois pior que um cachorro atropelado é uma criança atropelada. Então eu sempre esperava ela chegar para me buscar. Confesso que tinha um pedaço do caminho que eu não tinha muita certeza, e quando chovia não dava mesmo para andar por lá. O lodo era tanto que só dava para atravessar de canoa ou de galochas. O valão transbordava e era esgoto na rua. E tudo bem. Eu até já tinha me acostumado com a nova escola, com os lanches no refeitório, com o dia do flúor, o mato do lado e o chato do André. O dia do flúor era o dia em que nos botavam em fila, distribuíam flúor nas nossas canequinhas plásticas e depois tínhamos que bochechar por um minuto, cuspir dentro da nossa canequinha plástica, o que era bem nojento, e ir em fila botar o cuspe de flúor na grande pia de cimento que tinha no banheiro e lavar a tal caneca apenas com água. Um dia a professora pegou a caneca do André e jogou no tonel de lixo que colocavam no meio do pátio. Depois eu acho que incineraram tudo. Nesse dia, o André ficou conhecido como o Grande Porcão, o Cuspe de Ácido, o Boca de Lobo, apelidos que grudavam e incomodavam.

 O André era um guri de quem no começo eu não gostava. Nós não nos falávamos. Eu não dava oi, não olhava, não chegava muito perto. No início, era porque todo mundo achava que ele era mesmo um porcão. Afinal, a professora tinha jogado a caneca dele no lixo e só podia ser pelo fato de estar totalmente imunda ou até mesmo porque o cuspe dele tinha sido tão podre que o objeto não teve salvação. Mas isso durou até a professora nos juntar, porque a cada semana ela trocava os colegas de lugar e, pronto, fui obrigada a sentar com o André. Daí eu vi uma coisa que nunca tinha visto na vida. O André ia de chinelo para a aula, e eu sempre tive problemas com motricidade fina, as coisas caem da minha mão. Coisas bestas, tipo sabonete no banho, salgadinhos pequenos demais, prendedores de roupa, chaves e algumas frutas. Enfim, nesse dia deixei cair a minha borracha e me enfiei embaixo da mesa para pegar de volta. Meus olhos grudaram no pé dele e eu a princípio não sabia muito bem o que tinha de estranho ali, mas sabia que tinha algo estranho. Um dois três quatro cinco SEIS. Seis dedos. E, impressionantemente, o pé dele parecia bem limpo, as unhas bem curtas, redondas e bonitas. Bati a cabeça na mesa ao voltar.

 — Tu tem seis dedos?

 Ele fez uma careta de tédio, como se estivesse cansado de responder aquela pergunta.

— Sim. É polidactilia.
— Poli o quê?
— Polidactilia. Tem isso também.

Abriu a mão e eu pude ver membranas. Como se ele fosse um pato. Daí ele disse que o pai dele era daquele jeito também. Que era hereditário. Eu fiquei intrigada com o vocabulário do André, e aquilo ali já me chamou atenção, porque eu desde muito cedo tive apreço pelas palavras.

— Que legal. Tu nada mais rápido?
— Não sei. Eu nunca fui num lugar pra nadar, quer dizer, fui uma vez ou duas. Duas! Num lugar do valão que dava pra nadar, mas agora não dá mais. É um fedorão por causa dos dejetos da fábrica de sapato que se mudou ali pra perto de casa.
— Dejetos?

Dejetos. Ele usou essa palavra.

— Sujeira, restos, lixo. A fábrica despeja ali.
— Por quê?
— Porque são pessoas horríveis que não se preocupam com o planeta. Meus pais vão num protesto no sábado.
— Ah, que legal, eu acho... Eu tenho uma piscina.
— Nossa! Então tu é rica?
— É de plástico. E é pequena e rasa. Não daria pra ver se tu nada mais rápido.
— Natalia e André, vocês estão muito conversadores. Já terminaram de copiar? — a professora falou.

Nos olhamos rindo e respondemos juntos:
— Não.

Ainda rindo, colocamos as pontas dos nossos lápis de volta no caderno, mas nenhum dos dois seguiu os traços.

— Um dia a gente pode ir num lugar nadar e ver se eu nado ou não mais rápido que tu.

— Mas eu nem sei nadar. Quer dizer, eu acho que não sei, nunca tentei.

— Então não sabe.

— Natalia e André, será que vou ter que separar vocês no primeiro dia?

Baixamos as cabeças e recomeçamos a copiar um quadro cheio. Nos tornamos amigos naquela semana. Nunca fomos nadar. Tempos depois eu me mudaria de novo e nunca mais veria o André. Mas isso não foi um drama.

Nos dias subsequentes, tentamos manter as conversas mais concentradas no horário do recreio e antes e depois da aula. Conversamos sobre carros e planetas, sobre as aventuras que planejávamos para quando tocasse o sinal, sobre cães e gatos e sobre o fato dele ter um sapo de estimação.

— Não é bem um animal de estimação, mas é que ele sempre tá no canteiro onde minha mãe tem uns chás e umas flores, aí colocamos uma bacia enterrada pra ele e fizemos uma edícula.

— O que é isso?

— É uma casinha.

— Não acredito!

— Sim! Quando tu for lá em casa eu te mostro! É muito legal. Tem uma estradinha de pedras e tudo.

Fiquei muito impressionada.

Na quinta-feira, o André me perguntou sobre um cheiro esquisito que, segundo ele, vinha da minha mochila. Eu disse que não estava sentindo cheiro nenhum. Então ele começou a se comportar como um cão farejador e foi se abaixando, chegando perto do encosto da minha cadeira e confirmou.

— Tem um cheiro podre na tua mochila.

Eu abri a mochila e tirei meus cadernos. Notei que na pontinha de um deles tinha uma gosminha marrom. De fato, a morrinha estava forte, tão forte que outros colegas começaram a fazer fuuuuuuiiii.

— Fuuuuuuuiiiii! Isso é bosta?

— Não é bosta! — eu respondi, e então cheirei.

Fuuuuuuuiiiiiii. Uma onomatopeia que eu, até aquele dia, não conhecia. Fuuuuuuiiii era nojo. Um cheiro doce-azedo-sujo. Fuuuuuuuiiii. Um cheiro que um dia teria sido o de uma fruta, mas que agora era de chorume. Todo mundo fazendo fuuuuuuiiiiiii e perguntando de onde vinha aquela peste.

— Sora, soltaram o satanás aqui na sala!

Daí eu fui ficando roxa de vergonha, até que o André enfiou a mão na minha mochila e tirou um troço molenga, derretido, marrom e murcho que parecia cocô. Mas não era. Um dia, foi uma banana bonita e gostosa; agora era uma gosma bolorenta. Ele tirou aquilo das profundezas da minha mochila, pingando.

— É isso aqui!

— O que que é isso?

— Fuuuuuuuui. Fuuuuuuuuuuuiiiiiii!

Todo mundo tapando o nariz.

O cheiro nem era tão horrível assim. Comecei a pensar que estavam exagerando. Demorei para reconhecer que era mesmo uma banana, mas lembrei que, na segunda-

-feira, quando comecei a conversar com o André, não comi a banana que a minha mãe tinha colocado na minha mochila, porque eu esqueci, porque a gente ficou falando da vida, porque sei lá. Ela tinha dito que eu precisava comer mais banana porque tem potássio, assim como ela dizia que eu precisava comer mais feijão azuki por causa do ferro, e pão de farinha integral por causa das fibras, e brotos de alfafa pela vitamina A, e algumas frutas específicas, tais como banana, porque tudo era bom para a minha saúde. Muitos daqueles alimentos eram intragáveis para o meu paladar de criança, e olha que eu não era chata. Ou era? Eu só queria comer coisas gostosas, quem não quer? Mas não, tinha que tomar sal amargo para se desintoxicar, a mãe dizia.

— Do quê, se a gente só come a tua comida?

Ela nunca respondia. Então na segunda foi a banana, na terça foi uma bergamota (que eu comi), na quarta comi o lanche da escola e na quinta a professora entrou na sala e fez fuuuuuiiii, mandou todo mundo sair e fez eu lavar a minha mochila e ainda mandou um bilhete para casa dizendo que eu deveria ter mais asseio. Anos depois, um belo dia, minha mãe encheu minha mochila de calcinhas e meias sujas que, ao invés de colocar no cesto de roupa para lavar, eu jogava embaixo da cama, sabe-se lá por que motivo, e eu cheguei na escola sem meus cadernos e materiais e com a mochila cheia de calcinhas e meias fedidas de adolescência, porque naquele momento eu já tinha uns doze anos, e, morta de vergonha, disse para a professora que tinha esquecido o material e ela me pôs de castigo e mandou um bilhete para a minha mãe dizendo que eu deveria cuidar melhor do asseio e da organização dos meus materiais. Voltei para casa e minha mãe disse que era bom para eu aprender a organizar minhas coisas. O resultado disso hoje é eu ser uma adulta maníaca por limpeza — mas não vamos simplificar os traumas da infância, não é mesmo? O período da adolescência consegue ser o mais desgraçado para a gente, e essas coisas de traumas se constroem com uma série de fatores. O fato é que, no dia da banana podre, eu voltei para a sala com a mochila lavada e morta de vergonha. Fiquei quieta e amuada enquanto o André ria. Ele riu até a hora do recreio e só depois percebeu que eu tinha ficado triste, então parou e tentou mudar de assunto para remediar o que tinha feito. Sim, porque o problema não era eu ter carregado uma banana podre por dias na mochila num calor infernal, é bom lembrar. O problema foi ele ter me exposto para toda a sala. Que tipo de amigo ele era? Me senti péssima, humilhada.

— Amanhã é o nosso último dia juntos.

— É.

— Vamos ficar de bem, então? Tu tá braba comigo?

Não respondi. Aquela era uma pergunta muito idiota cuja resposta era bastante óbvia. Mas aí ele fez cara de coitadinho, e isso até hoje me pega.

— A gente podia pedir pra sora deixar a gente ficar com a mesma dupla mais uma semana, né?

Fiquei sem entender se o André era meu amigo ou meu inimigo. Continuei sem resposta para dar a ele e com mil perguntas na cabeça sobre como as pessoas são ruins em demonstrar sentimentos. Isso é um grande aprendizado.

Parece fácil, pois é só dizer o que estamos sentindo, certo? Errado! Por diferentes motivos, às vezes as pessoas dizem exatamente o oposto do que sentem, e outras vezes não conseguem elaborar frases para se expressar, o que eu acho mais honesto. E também não é fácil traduzir um sentimento em palavras. Por exemplo: estou triste. Que diabo é isso? Estar triste, para mim, é sentir a cabeça pesada, os olhos desfocados, e o coração parece que dói toda vez que os pulmões o espremem, porque, quando o ar entra num corpo triste, ele pesa, um gelo, é duro. Então como eu vou saber dos sentimentos dos outros se os meus já são tão específicos?

Na hora de ir embora, nos despedimos, e eu, antes de sair, corri no fundo da sala e peguei o dicionário que ficava lá.

ASSEIO
substantivo masculino
qualidade do que é limpo; higiene, limpeza
qualidade do que é bem-feito; esmero, capricho; primor
ato ou efeito de assear(-se)

Acabou que a porca era eu.
Senti o estômago dançar dentro de mim e minhas orelhas arderem.

No dia seguinte, eu já estava em paz com o André, até porque, quando ele veio falar comigo, pediu desculpas por ter rido tanto e ainda me deu um chocolatinho. Engoli o chocolatinho e as desculpas. A cara do André não estava boa.

— Eu te desculpo, não precisa ficar assim.

— O Heitor morreu.
— Como assim? Quem é Heitor?
— Meu sapo.
— O que aconteceu com o Heitor?
— Não sei, encontramos ele esticado.

Aí a boca dele se esticou e os olhos se espremeram. Pronto. Jurei que ele ia chorar. Voltamos a conversar sobre todos os assuntos que sempre surgiam; por exemplo, como concordávamos que pombas tinham cara de insanidade. No momento em que entramos e sentamos nas nossas cadeiras, nos preparando para a separação, incrivelmente, a professora anunciou que a turma ficaria mais uma semana com as mesmas duplas. O André deu um berro, nós nos abraçamos.

A alegria durou pouco.

— Menos os seguintes nomes: Jovita e Carla, André e Natalia, Caroline e Fernando.

— Ah, não, sora — o André soltou. — Deixa a gente ficar juntos mais uma semana também.

— Não, não, vocês conversam demais.

Voltei a ficar amuada. O André também. Mas até a hora do recreio já tínhamos esquecido e decidido aproveitar o nosso último dia juntos. Tínhamos chegado mais cedo e conversamos tanto que a professora nos xingou, mais irritada do que o normal. Mais de uma vez.

No fim da aula, ficamos andando de balanço. Quando nos separamos, no final da tarde, fiquei muito triste, tão triste que nem entrei na piscina, nem naquele dia nem nos seguintes. Passei o sábado rabiscando um A nas folhas do meu caderno e o domingo riscando por cima.

Na segunda-feira, a professora me colocou sentada com a Jovita.

— Teu nome é engraçado — eu disse.

— É o mesmo nome da minha avó.

— É sério?

— Sim, minha mãe quis homenagear a minha avó, porque ela morreu muito cedo. Eu não conheci ela.

— Se minha mãe tivesse tido essa ideia, eu ia me chamar Neura. Ou Brígida.

— Nossa, ainda bem que ela não teve. Que nomes horríveis. Tuas avós morreram cedo também? Tu conheceu elas?

— Não. Quer dizer, a minha avó Brígida sim. Mas a Neura não.

— Não morreu ou não conheceu?

— Conheci as duas. A vó Brígida, mãe do meu pai, já morreu.

— Então tu seria Brígida.

— É — respondi, rabiscando o caderno. — Não é tão feio.

— É meio feio, sim. É nome de gente velha, que nem o meu.

— É mesmo.

— Minha mãe diz que eu sou uma criança velha. Sei lá o que que é isso.

Fiquei imaginando como seria a Jovita avó da Jovita. Ela era uma menina negra, uma das poucas meninas negras daquela sala, que tinha muita gente loira e bastante gente ruiva até, se a gente considerar que isso é meio raro. Fiquei olhando para ela um tempão.

— Por que tá me olhando desse jeito? Parece doida com esses olhos.

23

— Eu tava imaginando a tua vó.

— Eu posso trazer uma foto dela, minha mãe tem lá em casa. Quer? Daí não precisa ficar me olhando assim.

— Pode ser. Eu trago das minhas. A gente podia... — Parei. — Ah, eu não tenho as fotos em casa.

— Onde tu mora?

Não queria dizer para a Jovita onde eu morava, não sei muito bem a razão, só não queria que ela soubesse, não naquele momento. Mesmo assim, já nos imaginava brincando e correndo nos fins de semana. Mudei de assunto.

— Tu sabia que o André tem *policarpitismo*?

— O quê? Que que é isso?

— É uma coisa que ele tem seis dedos, que nem o pai dele. É... — forcei a memória para tentar lembrar a palavra. — Hereditário.

— Nossa! — Agora quem fazia cara de doida era ela.

— Parem de conversar! Será possível?

A professora suspirou tão alto que até hoje me lembro da cara de desgosto dela. A Jovita virou minha melhor amiga naquele dia. Eu era uma criança muito fácil. No intervalo, o André ficou mostrando os dedos e as membranas entre eles para a gente. Não nos impressionamos.

— Não é muito diferente — a Jovita disse, olhando os próprios dedos.

Na terça-feira, meu pai chegou em casa com uma motoca de plástico meio velha e deu ela para o meu irmão. Não era aniversário dele nem nenhuma data especial.

— A guria mais nova do Clério não queria mais, daí ele disse pra eu trazer pro Mateus — ele disse para a mãe.

— Ótimo, mais lixo.

— É reaproveitamento! É ecológico.

— É lixo!

O Mateus adorou. Eu fiquei pensando se a guria do Clério não tinha nada para mim. Eu não gostava das filhas dele, porque elas eram todas loiras e sardentas. As três. Sim, eu sei que é uma coisa estranha da minha parte, depois eu superei. Eu mesma já pintei o cabelo de loiro. Uma das filhas do chefe do meu pai, a do meio, tinha quase a minha idade, acho que eu era um pouquinho mais velha; a mais nova tinha a idade do Mateus e a mais velha eu não sei quantos anos tinha, mas parecia ser quase adulta. A gente pouco falava com eles. A minha mãe não gostava de ninguém lá. Quer dizer, eu acho que não gostava, porque não tratavam ela bem, a conversa era sempre de tentar ajudar a gente, de tentar fazer algo por ela, de sei lá o quê. Acho que ela se sentia mal, se sentia inferior. Não é que não precisássemos de ajuda, a gente precisava de muita coisa, mas minha mãe tinha sonhos e desejos, como todas as pessoas têm. Ela ficava recortando gravuras de casas chiquérrimas de revistas e colando num caderninho, onde escrevia esses desejos e orações, e me dizia que um dia teríamos aquele tipo de casa e os carros luxuosos que adornavam aquelas garagens. Meu pai tinha um Karmann Ghia TC. O motivo ninguém sabia. Ele dizia que tinha ganho o carro numa aposta, mas eu já tinha ouvido a minha mãe dizer:

— Para com esses trambiques! A gente sempre se ferra, porque tu aceita uns lixos no lugar de exigir o que é teu por direito.

Para a gente, minha mãe dizia que ele tinha encontrado o carro no lixão, mas eu confesso que gostava quando ele ia me buscar com aquele carrinho vermelho e velho que parecia antigo, de brinquedo, sabe? Tinha muito charme. Minha mãe odiava, e, ao entrar no carro, sempre reclamava.

— Esse carro é muito baixo, parece que estamos sentados no chão. Parece que somos os Flintstones. Só falta esse buraco aqui se abrir — sim, o carro tinha um buraco no chão — a ponto de termos que colocar as pernas pra fora e tracionar o carro com os próprios pés.

— Para de reclamar, Lane. O carro é bom. O carro nos leva pra todos os lugares.

— Não é um carro pra uma família com duas crianças!

— O carro é bom.

O carro não era bom. Era uma fubica velha que não durou nada e um dia nos deixou na mão, no meio da estrada, voltando de Porto Alegre. Eu nunca tinha visto tanta fumaça. Motor fundido, o mecânico disse. Tivemos que pegar carona de volta para casa numa Kombi.

A nossa vida era cheia dessas aventuras, e sim, a gente ganhava umas coisas dos outros, e sim, talvez o meu pai tivesse achado mesmo o carro no lixão. Mas a motoca... A motoca fez um sucesso tremendo com o Mateus. Ele amava ir para todos os lugares da nossa pequena casa e arredores de motoca. Só que o sucesso também durou pouco, porque o barulho do atrito do plástico meio lascado na madeira e nas pedras da calçada era in-su-por--tá-vel. Tec tec tec tec tec tec tec tec o dia inteiro. Tec tec tec tec tec tec tec tec. Tec tec tec tec tec tec tec tec. Tec tec tec tec tec tec tec tec. Tec tec tec tec tec tec tec tec a todo momento. Tec tec tec tec tec tec tec tec. Tec tec tec tec tec tec tec tec. Tec tec tec tec tec tec tec tec. Minha mãe estava ficando louca e, pior ainda, mal-humorada demais. E ela tinha razão! Eu também não aguentava mais.

— Mããããe, diz pro Mateus parar de pedalar um pouco! Eu não consigo me concentrar nos temas de casa.

— Ah, se ele me ouvisse! Mas é genioso. Para de andar com isso e vai fazer outra coisa, Mateus. Por que não desenha um pouco ali com a tua irmã?

Choro, bateção de pé. Meu irmão era esse tipo de criança. Minha mãe tinha uma paciência incrível com ele. Eu não. Eu tinha certeza de que ele era um pequeno demônio que tinha nascido para me azucrinar.

— Tá, tá, vai lá fora então.

— Por que a guria do Clério não manda um fone que ela não quer mais, daí eu posso ficar ouvindo as minhas músicas em paz e me concentrar nas coisas da escola?

— Olha, não é má ideia. Vou ver se teu pai compra um fone no camelô.

— Sério?

— Sim, aí eu aproveito também.

— Mas, mãe, tem que ser um fone e um walkman junto, senão não adianta nada.

— Vamos ver.

— Sim, mas do que adianta só o fone, entende? Tem que ter onde ouvir. Vai conectar o fone no nada?

— Sei lá, Natalia. Não dá pra ligar no rádio?

Esperei em vão.

No outro dia, na escola, eu perguntei para a Jovita se ela tinha um walkman.

— Que diabo é isso?

— Um fone, e a caixinha pra ouvir fitas.

— Não tenho. Acho que meu tio tem. Ele trabalha, daí pode comprar as coisas.

— Sim. Deve ser caro.

— Minha mãe diz que tudo é caro. Ela disse que o frango tá pela hora da morte.

— Nossa!

Eu nem entendia aquilo direito, e repetia muito o que os adultos falavam. Sei que a Jovita e eu conversávamos muito sobre poder trabalhar para ter o nosso dinheiro. E a gente tinha dez anos.

Na sexta-feira, a Jovita veio correndo até onde eu tava, no pátio da escola, e tirou da mochila um walkman.

— É teu?

— Não, eu pedi emprestado pro meu tio.

— E ele te emprestou?

— Não, mas eu peguei mesmo assim.

— E vamos ouvir o quê?

— Sei lá.

— Abre aí pra ver.

Era uma fita toda preta que dizia BASF e mais nada. A Jovita ergueu os ombros, como alguém que não se importa com nada. Eu inclinei a cabeça e pensei: *que mal tem?* Achei a música ruim. Anos mais tarde descobri que era Bon Jovi. É claro que a professora confiscou o aparelho durante a aula, pois a gente deu bobeira. Por isso, enquanto fazíamos uma montanha de exercícios de matemática, ela cantarolava usando os fones do tio da Jovita. Aparentemente ela gostava de Bon Jovi, o que indicava seu extremo mau gosto musical. No recreio, ela nos devolveu o aparelho, e ouvimos mais. No fim da aula, fomos esperar nossas mães nos balanços e já estávamos cantando as músicas e andando de balanço, cada uma com um fone em uma orelha, balançando uma para cada lado, o que fazia com que o fone caísse sempre, porque o fio, apesar de comprido, não dava conta de todo aquele movimento. E como tudo estava bom e novo, eu não vi o tempo passar. A gente dava risada cada vez que o fone caía, e juntava rápido para continuar cantando aquelas palavras que não entendíamos. Quando o fone caiu pela décima quinta vez, Jovita parou e me perguntou:

— O que tu quer ser quando for adulta?
— O que eu quero ser? Não sei. Deixa eu pensar.
— Eu quero ser guitarrista. Ou baterista.
— Que diferente!
— Tu acha?
— Eu acho legal.
— Imagina... — Ela parou de falar por alguns segundos, seus olhos brilhando como uma fogueira. — Dá pra viajar fazendo shows e se apresentar pra um monte de gente e tocar e daí as pessoas aplaudem e gritam uuooooaaaaaaaaahhhh todas juntas. Uuooooaaaaaaaahhhh! Deve ser muito tri.

— Não sei, eu teria medo de fazer alguma coisa errada.
— Tipo o quê?
— Tipo esquecer como se toca uma música? Ou tocar errado? Ou esquecer a letra quando tiver que cantar junto.

Ela ficou me olhando e franziu as sobrancelhas.

— Já sabe o que quer fazer?
— Tá, tem uma coisa que eu pensei uma vez. Eu acho que quero ser médica.

— Médica?

— É.

— E não acha que aí sim é pra ter medo de fazer alguma coisa errada?

— Meu deus, é verdade! E se eu matar alguém?

— E se tu esquecer como se opera um coração?

— E se eu esquecer como se opera qualquer parte?

— E se tu costurar a pessoa com coisas dentro?

— Que tipo de coisas?

— Um esparadrapo usado ou uma tesoura pequena. Eu já ouvi uma história assim.

— E se eu fizer isso? Meu deus!

Minha cabeça latejou um pouco.

— Eu que nunca ia ser tua paciente! Escolhe outra coisa.

— É, melhor. Então eu acho que quero ser cozinheira.

— Isso é legal! E se esquecer de alguma coisa, dá pra olhar a receita. Minha mãe tem um caderno de receitas que era da minha avó Jovita.

— E são boas as comidas?

— São muito boas. Tem um bolo de cenoura que é delicioso. É fofinho e doce e a cobertura de chocolate que minha mãe faz é... Uau! — A Jovita fez uma cara de derretida. — Só de pensar já me deu fome.

— É, eu acho que cozinheira é bom. — Aí lembrei que a minha avó tinha sido cozinheira de hospital. — Só que não deve ganhar muito dinheiro.

— E se tu tiver um restaurante?

— Ah, daí eu acho que sim.

A gente não sabia que tinha a profissão de chefe de cozinha. Minha mãe dizia mestre-cuca para diferenciar a pessoa que só cozinhava e a pessoa que era bem-sucedida nisso.

Não deu tempo de falar muito mais sobre esses desejos de futuro, porque a mãe da Jovita chegou e elas foram embora.

— Tchau! Amanhã a gente ouve mais!

— Tchau! — respondi rindo, e fiquei feliz que teria aula no sábado e eu poderia conversar mais com a Jovita.

Eu estava animada com aquele cenário e com a minha profissão futura, mas fui murchando, porque os minutos foram passando e a minha mãe não chegava, não chegava, não chegava nunca. Ficamos apenas eu, as tias da limpeza, uma professora, a diretora e outros dois alunos. A professora e a diretora já se olhavam. Os dois meninos foram se encaminhando para o portão e saíram sem dizer nada. Entrei em pânico. Fui me encaminhando para o portão também.

— Onde tu vai?

— Vou pra casa.

— Mas a tua mãe não vem te buscar hoje?

Não respondi.

— É, tu não pode ir sozinha, não.

— Posso sim. Por que eles podem e eu não?

— Eles são maiores já, Natalia. — Ela olhou para a outra. — O que a gente faz?

— Qualquer coisa a gente leva ela, mas vamos esperar.

— Eu sei ir.

— Qualquer coisa a gente vai contigo.

Sentei no balanço e fiquei arrastando os pés no cascalho. De repente, meus olhos se encheram de água.

Funguei. Eu sei que racionalmente não havia motivos concretos para eu me desesperar, mas quem disse que a ansiedade funciona assim?

— Não precisa chorar, tua mãe já deve estar chegando.

Eu sei que não precisa, eu pensei, mas não disse.

— Será que aconteceu alguma coisa? — ouvi a diretora falando baixo para uma das tias da limpeza.

— Aconteceu o quê? — perguntei, e logo lembrei de tudo que a Jenifer tinha me dito daquela vez. Para uma pessoa ansiosa existem muitos gatilhos, e esse foi o que me lançou numa espiral de desespero.

— Nada. Não aconteceu nada.

Cada vez que diziam que não era nada eu tinha mais certeza de que ela estava mentindo para mim e sentia que alguma coisa terrível tinha acontecido.

— O que aconteceu? — perguntei de novo.

— Não aconteceu nada. Tua mãe já deve estar chegando.

— Tem algum telefone que podemos ligar?

— Vou ver na secretaria.

— Meu pai trabalha na loja de fotos do Clério.

As mulheres se olharam com as bocas arqueadas para baixo, como se não soubessem nada sobre aquele nome nem sobre aquele estabelecimento. Pulei do balanço e fiquei catando umas pedrinhas no chão. Enchi uma das mãos e derramei as pedras na outra. Depois fiz o contrário. Fiquei assim, jogando as pedras de uma mão para a outra por um tempo que pareceu ser a eternidade, até que derramei as pedras sobre a cabeça perguntando, aos prantos:

— Por quê?! Por quê?! Por quê?!

A diretora vinha voltando sacudindo a cabeça de um lado para o outro.

— Não tem telefone.

— Por que não me falam o que aconteceu? Por quê?! Por quê?! — Pedras na cabeça e era bem assim que eu me sentia. A angústia era tão grande que parecia mesmo isso, um deslizamento, uma avalanche. — A minha mãe morreu? Ela sofreu um acidente? — O desespero escalando minhas entranhas, brincando de balanço dentro de mim.

As mulheres se entreolharam, sem entender nada.

— Não, não aconteceu nada, Natalia. Ela deve estar atrasada, só isso.

Para uma pessoa ansiosa, não saber das coisas ou lidar com imprevistos pode desencadear crises, hoje eu sei. E também, pessoalmente, eu não gostava de ser feita de trouxa — ninguém gosta. Não importa a verdade, importa o que achamos que é verdade. Ainda é difícil. É um trabalho constante de respiração e consciência. Mas depois eu volto nisso. Naquela hora, eu não tinha ferramentas para lidar com esses sentimentos.

Depois que soube o que aconteceu, e o que aconteceu foi que, um pouco antes da hora de me buscar, já quando minha mãe estava saindo, ela viu o Mateus arrastar a motoca para fora do pátio.

— Não, filho, não dá pra tu ir de motoca.
— Sim.
— Não.
— Sim.
— Não!

E arrancou a motoca das mãos do guri, só que junto arrancou um pouquinho de pele e um sanguinho, porque o plástico seco já tava todo lascado. O guri abriu um berreiro que fez toda a vizinhança sair pelas portas e botar as cabeças para fora das janelas para ver quem que tava matando a criança.

— O que foi que aconteceu? — uma vizinha que a minha mãe, para variar, não gostava (porque ela não gostava de muita gente) perguntou, já saindo pelo portãozinho em direção à nossa casa.

— Não é nada. Ele se machucou com a motoca.

— Pobrezinho — a mulher disse, já pegando a mão do Mateus e levando ele para perto de uma torneira externa, lavando a lasquinha e gritando: — Claudia, traz um esparadrapo!

A Claudia saiu de casa com o esparadrapo e fez um curativo no dedo do meu irmão, mas isso tudo eu só soube depois, quando ouvi a minha mãe contar para o meu pai chorando e dizendo que não aguentava mais ficar ali, naquela rua de intrometidos.

Bom, isso tudo fez com que minha mãe se atrasasse.

— Eu preciso ir buscar a guria na escola.

— Deixa ele aqui.

Mas a minha mãe era orgulhosa.

— Não precisa, ele sempre vai junto.

E nisso o Mateus saiu correndo e voltou tec tec tec tec tec tec tec com a motoca pela calçada de pedra farelenta que a rua tinha. Minha mãe não disse nada, apenas foi acompanhando. Lentamente. Quando chegaram no cruzamento, ele saiu da motoca e minha mãe segurou ele no colo e pegou o trambolho plástico com a outra mão. Quando terminaram de atravessar, ele gemeu e esperneou que queria descer. Ela disse não, mas ele esperneou mais e acabou chutando com força a mão dela, que se abriu num corte, também por causa do plástico lascado, e a motoca caiu e se espatifou no chão. Não foi só pele e sanguinho, ali o corte foi feio.

— Precisa de ajuda, moça? — um homem disse.

— Não, não, está tudo bem.

Mulher ainda tem isso, não pode aceitar ajuda de um homem estranho na rua, ainda mais com uma criança no colo, por mais bem-intencionado que esse homem seja. Então ela desviou o caminho. Desse jeito, acabou não passando na frente da loja onde o pai trabalhava, mas por uma rua lateral, onde tinha uma sorveteria e uma loja de coisas usadas.

Tec tec plec tec tec plec tec tec plec. A motoca semidesmanchada ia mais lenta ainda.

— Quer um sorvete?

— Quer.

— Vamos ali então.

Minha mãe entrou com o guri na sorveteria, pegou um bolo de guardanapo, enrolou na mão, pegou um pote bem cheio de sorvete, botou na frente dele e disse:

— Pode comer à vontade. Fica aqui que a mãe já volta. — Aí ela virou para a atendente. — Tu dá uma olhadinha no guri pra mim? Só vou ali no colégio pegar a minha filha.

A atendente ergueu os olhos do livro que lia e sorriu. Estava de fones. Minha mãe acenou, ela acenou de volta. Nunca vou entender o que deu na cabeça da minha mãe para não ter deixado o Mateus na loja com o pai. Claro que eu não tenho que entender nada disso, quem avaliou a situação foi a minha mãe, e ela deve ter considerado uma série de coisas que eu não tinha como pensar na época e talvez não consiga considerar mesmo hoje, porque eu não sabia e não sei como ela estava se sentindo.

Bom, aí a minha mãe saiu correndo em direção à escola e em menos de cinco minutos estava no portão. Quando subiu a rampinha, ela logo me viu jogando cascalhos na cabeça repetindo a pergunta:

— Por quê? Por que não me contam?

— O-o que houve? — ela gaguejou.

Enxerguei primeiro as sapatilhas dela, então fui subindo pelas pernas, vi que nelas tinha pingos de sangue, pingos de sangue em sua bermuda, vi suas mãos paradas na frente do corpo, a camiseta também respingada, reparei que apertava uma mão na outra.

— O que houve, Marislane? — perguntou a diretora.

— O que aconteceu com ela? — Minha mãe apontou para mim com a mão ensanguentada. Eu estava empoeirada da areia que vinha junto com os cascalhos que eu mesma tinha derramado na cabeça. Estava tão empoeirada que devo ter dado a impressão de coisa velha, esquecida. Uma relíquia enterrada num sítio arqueológico. A visão da minha mãe era a de uma criança atirada no chão, na frente de um balanço, jogando repetidamente cascalho e terra na própria cabeça.

— Caiu do balanço, eu acho, deve ter caído agorinha, tava se balançando — disse uma das tias da limpeza, que correu para me ajuntar.

— Mãe, por que tu demorou? — eu perguntei enquanto me desvencilhava da mulher.

Minha mãe não respondeu. Tinha a cara espichada, triste, como se desistisse da vida ali, naquele momento. Ou pior, como se tivesse se dado conta de que não desejava estar ali naquela situação.

A diretora foi pegando a mão dela, levando ela para perto de uma torneira, lavando a lasca de mão solta, fazendo um carinho e gritando:

— Lúcia, traz o mertiolate e o esparadrapo!

Uma das tias da limpeza saiu correndo e voltou como um raio com uma bandeja cheia de gazes, esparadrapo, água oxigenada, mertiolate e mais algumas coisas que eu não pude ver.

— Mãe, por que tu demorou?

Abracei as pernas dela.

— O teu irmão se machucou.

— O que houve com a tua mão?

— Eu me machuquei.

— Cadê o mano?

A diretora rapidamente estancou o sangue e fez um curativo com muita destreza, depois deram um copo de suco para a minha mãe.

— Tá bem doce, vai te acalmar.

— Obrigada.

Minha mãe não usava açúcar em nada. Uns cinco minutos se passaram com ruídos de constrangimento e muito silêncio das pessoas, que ficaram sem respostas para as perguntas que tinham feito.

— Bom, se todas estão bem, já podemos ir, certo?

— Claro.

Fomos descendo a rampinha e o seu Antonio fechou o portão, passou uma corrente e o cadeado. Saímos andando. Fui pegar na mão da minha mãe, mas ela se retraiu. Daí me dei conta de que estava machucada. Fui para o outro lado e tentei pegar a outra mão, mas ela se retraiu novamente. Então apenas segurei a barra da sua camiseta. Ela ia andando com os olhos vazios.

— Mãe?
— O que foi?
— Por que estamos indo por essa rua?
— Porque temos que pegar o teu irmão na sorveteria.

Eu não disse nada, só achei estranho. E mais ainda quando chegamos na sorveteria e ele não estava.

— Cadê o guri?

A atendente tirou os fones e fez cara de que não estava entendendo.

— O guri, cadê? Meu filho, eu deixei ele aqui e pedi pra tu olhar.
— Eu não vi ninguém não, não sou babá de ninguém. Recolhi o pote tem uns minutos.
— Como não viu ninguém? Não escutou quando eu pedi pra olhar o guri? Eu pedi! O que custava?

A atendente deu de ombros. A cara da minha mãe se amassou.

— Fica aqui, Natalia.
— Mas mãe...
— Mas mãe nada! Fica aqui, pelo amor de deus, até eu voltar.

Eu fiz que sim, mas tive medo de que ela não voltasse mais. Segurei as lágrimas dentro da cabeça, antes que elas pudessem sair pelos meus olhos. Estavam quentes.

— Ô, tem um banheiro ali, se tu quiser se limpar — a atendente me disse.

Entrei no banheiro e o que vi não era eu. Era um fantasma empoeirado. Parecia que eu não estava ali naquele reflexo. *Quem é tu?*, pensei. *Será que eu existo mesmo?*

Não sei bem por que aquilo passou pela minha cabeça. Fiquei com a boca aberta um tempo e depois saí do banheiro. Pude ver minha mãe indo para um lado e depois correndo pela frente da sorveteria, indo para o outro. Um minuto depois um homem entrou na sorveteria.

— Viu a doida? Ela tava aqui, não? Não tava falando coisa com coisa. Disse que perdeu um filho. Quem que perde um filho? O que ela queria aqui?

— Deixou essa criança aí e parece que foi atrás de uma outra.

— Ah, então é verdade. É tua mãe?

Não respondi.

— Tu não tem educação? Tem que responder quando te perguntam coisas.

— É a minha mãe. — Começei a chorar.

— E é o teu irmão que ela tá procurando?

— Sim.

Chorando mais alto.

— Ele tem uma motoca amarela e vermelha?

— Sim! — respondi, já berrando.

O homem olhou para a atendente, soltou um "tsc" bem alto e sacudiu a cabeça. Depois eu soube que era o homem da loja de coisas usadas e que ele disse para a minha mãe que tinha visto o meu irmão passar com a motoca não tinha muito tempo. Minha mãe apareceu na sorveteria mais uma vez.

— Pra onde o senhor disse que ele foi?
— Pra lá. — Ele apontou. — Pro lado do valão.

Minha mãe saiu correndo de novo. Eu botei a cabeça para fora da sorveteria e vi ela dobrando uma esquina, então saí correndo também.

— Ei, guri, onde tu vai? — Senti a atendente me pegar pelo braço. — Depois tua mãe vai reclamar que perdi os dois filhos dela.
— Eu não sou um guri!

Me desvencilhei dela e também escapei do homem, que tentou me barrar na porta.

Corri tão rápido que achei que minhas pernas iam quebrar. Meu coração estava pulsando na minha cara. Quando cheguei na esquina, deu tempo de ver para qual lado minha mãe tinha ido. Ela também corria. Segui.

Faltando três quadras para a escola, avistei minha mãe com as duas mãos na cabeça e, mais à frente, meu irmão cruzando uma rua movimentada de motoca. Tec tec plec tec tec plec. Vi um carro frear bruscamente atrás dos que estavam parados e bater de leve no para-choque do último deles. Minha mãe gritou, mas não dava pra ouvir o som da voz dela debaixo do som das buzinas. As bicicletas se esquivavam dos veículos, ventando próximas ao meu irmão. Uma bicicleta, ao desviar quase em cima dele, quando entrou na calçada, tombou com uma mulher em cima. Minha mãe esperou ele chegar ao outro lado. Ela rezava um santo anjo do senhor resfolegado. Vi os lábios dela se mexendo e comecei a rezar também. As buzinas pararam por um segundo e ela berrou:

— Mateus!

Ele parou, olhou para trás, sorriu, saiu da motoca e resolveu nos esperar. No. Meio. Da. Rua. Com uma calma aterrorizante.

Minha mãe alcançou o guri quando Seu Antonio, o porteiro da escola, que ainda estava por ali pela rua, já se agachava para conversar com ele. A mulher da bicicleta caída se levantou sem qualquer ajuda, sacudiu a poeira, conferiu se todas as partes do seu corpo estavam ok, balançou a cabeça e se foi.

— Gurizinho, essa cara eu conheço.

— Oi, Seu Antonio! — Minha mãe já chegava.

— Ah, é seu filho! É a cara da Natalia! São iguais.

— Sim, verdade, são muito parecidos.

Seu Antonio e minha mãe terminaram a travessia.

— Filho, a mãe disse pra tu esperar.

— Não.

Ela respirou fundo e balançou a cabeça. Acho que também devia estar segurando algum choro. Tinha uma expressão que de longe eu não conseguia decifrar.

Eu continuava do outro lado da rua esperando o sinal fechar para atravessar. Seu Antonio acenou para mim e minha mãe se virou para ver quem era. Atravessei com medo. Não dos carros.

— Por que tu não esperou lá, como eu te disse?

— Porque eu... — Não soube o que responder na hora, mas eu teria dito algo como "porque eu não queria ficar sozinha, porque eu fiquei com medo de que alguma coisa acontecesse, porque fiquei preocupada com o mano, porque senti como se tu não quisesse estar neste lugar e de repente tivesse resolvido fugir de mim", mas eu não disse nada. Minha mãe passou as mãos na testa e enfiou os dedos nos próprios cabelos, puxando eles para trás, enquanto respirava como um apito de trem. Eu fiquei quieta e botei a mão no peito pra abafar as batidas do meu coração, porque com certeza dava pra ouvir.

— Dia difícil, dona Marislane?
— Seu Antonio, o senhor não imagina. Não é fácil duas crianças nessa idade.
— Ó, vou dizer pra senhora que os meus são bem mais velhos e não muda muito não. A preocupação é a mesma, o que muda é o que eles aprontam.
— Esses aqui me aprontaram algumas hoje.
O velho sorriu.
— Às vezes é bom a gente fazer uma coisa diferente pra se distrair da mesmice da vida. Às vezes é bom um acontecimento.
— É, vai ver que é bom mesmo. Um acontecimento.

Minha mãe beijou meu irmão no meio da cabeça com força e depois me beijou do mesmo jeito, bem onde eu tinha derramado as pedras. Beijou a poeira e meu desespero de repente se dissipou. Meu irmão subiu na motoca e foi tec tec plec por uns três metros, até que a motoca se desmanchou. Arriou uma rodinha para cada lado e a da frente ficou sozinha. O banco no chão. Meu irmão olhou para aquele monte de plástico amarelo e vermelho. Olhou sem entender o que estava acontecendo, deu um chutão em tudo, e eu comecei a rir. Minha mãe recolheu as partes e atirou tudo na lixeira de um prédio. Depois ficou ainda alguns segundos com os dedos em pinça, pressionando entre as sobrancelhas. Parecia que desejava tirar dali algum pensamento. Apitou de novo, agora como uma panela de pressão. Acho que até vi vapor saindo das orelhas dela.

— Dá a mão aqui, vamos embora. — Ela estendeu a mão boa para o meu irmão, e depois estendeu a mão ruim para mim. — Pega com cuidado que me machuquei.

Peguei na mão na minha mãe como se fosse a coisa mais preciosa e frágil do mundo. E fomos andando para casa.

para o meu pai

Meu pai tinha os seus quarenta e poucos anos, e isso quer dizer que muitas expectativas recaíam sobre ele. Quer dizer, nem tantas assim; ele já era casado e já tinha filhos. Essas ele já tinha cumprido. Eu penso assim: a vida se divide em expectativas nossas e dos outros e, às vezes, é difícil distinguir umas das outras. Meu pai tinha um trabalho bom, que ele gostava, mas o emprego era ruim e dava pra ver que ele não gostava. Revelava fotos. O processo era longo e lento e perigoso. Imagina uma coisa se chamar *revelação*. Que forte, né? Lembro de entrar na câmara escura com ele, onde muitas bacias com produtos químicos ficavam em cima de uma mesa. Era tudo líquido e cheirava mal. A câmara não era tão escura assim, tinha uma luzinha vermelha que vinha fraquinha de um canto da sala, e em pouco tempo os olhos se acostumavam com a pouca luminosidade. O barato mesmo, o mágico, era quando ele mergulhava aquele recorte de papel brilhoso dentro da água e em minutos a imagem ia se revelando. Silhuetas, rostos, formas que depois entenderíamos serem casas, mesas, árvores, pessoas cantando parabéns em festas de aniversário com bolo e docinho e pastel. Quando a imagem ficava falhada, o processo era igualmente mágico. Material: estojo de canetinhas hidrocor e um pincel finíssimo. Meu pai passava o pincel na língua para umedecer, depois na ponta da canetinha com a cor mais próxima daquela ao redor da falha e voilà, o retoque estava feito. Isso ali era uma grande tecnologia.

Uma vez, eu estava com meu pai, revelando, e a primeira foto que veio era de uma pessoa com uma camiseta na cabeça, a camiseta imitava uma máscara, e só os olhos estavam de fora pela gola, numa amarração quase ninja — e só uso esse adjetivo porque, na segunda foto, esse mesmo homem tinha um nunchaku, que a gente chamava de tchaku: dois bastões de madeira ligados por um pedaço de corrente que, nos filmes de artes marciais, as pessoas manuseavam com muita velocidade e destreza. Meu pai, empolgado com aquelas imagens, fez um tchaku para o meu irmão. Fez tudo bem bonitinho, mas meio capenga. Quando entregou o tchaku para ele, o meu irmão sacudiu o negócio duas vezes e acertou o próprio nariz, que começou a verter sangue.

— Pedro! Pra que dar uma coisa perigosa dessas pro guri, que já é meio... — Minha mãe fez uma careta com os lábios esticados pros lados e abriu bem os olhos. — Lento? Sabe que ele tem essa coisa do nariz também! — Correu para pegar um pedaço de papel higiênico e estancar o sangue.

— Tem nada a ver ser lento. Lentidão é uma coisa boa.

— Ah é, porque te convém!

Meu pai nem era lento. Meu irmão era um pouco, tinha o tempo dele. Eu acho que, na verdade, tanto meu pai quanto minha mãe são dois furacões. Ou eram. Sobre o tchaku, meu pai não disse mais nada, só fez uma careta, pegou o Mateus pelo braço e levou ele até o banheiro para lavar o nariz. O guri chorava. Era comum alguém pegar o Mateus pelo braço e ir cuidar de algum machucado; ele se machucava mais do que frutas delicadas em caixote de feira. Na real, eu também me machucava bastante, mas, ao contrário do meu irmão, eu sabia me cuidar sozinha. Essa habilidade eu tinha adquirido.

Bem, depois que tudo acabou, o guri pegou o tchaku com bastante calma, foi até o meu pai e deu na cabeça dele por trás do sofá. Largou o troço e saiu correndo. O Mateus demorou muito tempo para falar, mas não para se comunicar, e muito menos para demonstrar seus sentimentos. Ele sabia muito bem. Uma vez pegou um cinto para dar na mãe. Não bateu forte, é óbvio, era muito pequeno, mas o estarrecedor era a mímica do comportamento dos nossos pais. Era raro a gente apanhar, mas levamos uns tapas uma vez ou outra. Nesse episódio aí, o meu pai nem fez nada. Ele viu que tinha errado em dar o tchaku para o mano.

O importante aqui é que o tchaku ficou ali no chão, e quem pegou fui eu. Naquela época não tinha YouTube nem TikTok nem Instagram. A gente tinha que se virar apenas com a criatividade e a memória — outras tecnologias fantásticas. As referências eram livros, revistas, filmes, programas de televisão. A minha sorte é que eu tinha assistido há pouco um filme com o Bruce Lee.

Peguei o tchaku e fui sentar do lado de fora do prédio, na grama. Nessa época a gente já morava num prediozinho de quatro apartamentos numa ruazinha um pouco melhor, mas bem mais longe do trabalho do meu pai e tão longe da antiga escola que tive que ir para outra. Escorada na parede, fechei os olhos e tentei me lembrar do filme. Uma porta de correr se abria; Bruce Lee surgia; a câmera abria a imagem e a gente via o vilão com uma espada, à espreita de Bruce; a luta começava; espada contra mãos livres e muita agilidade para desviar, depois espada contra um pedaço de madeira que ele arrancava de alguma porta, até que *zim* — um talho no peito de Bruce; ele dava dois passos para trás e tirava de dentro da calça — da parte de trás da calça — o tchaku. Fechei os olhos e finquei os pés no chão pra lembrar melhor. De olhos fechados, fiquei imitando os movimentos dele com as mãos vazias, fazendo shft shft shft e mexendo os braços. Até que o Jasson — não "Djêison", mas "Jaçôn" mesmo — me viu e começou a rir.

— O que tu tá fazendo aí, bocó? Bem louca.

— Cala a boca, Jasson.

Levantei e puxei o tchaku de trás da minha calça, confiando que apenas a lembrança, sem qualquer prática, fosse me garantir uma performance perfeita. Só que não. Shft shft shft toc. A madeira seca nas minhas costelas.

— Ai!

— AHAHAHAHAHA IDIOTA!

Corri para dentro de casa, não porque fiquei com vergonha ou medo daquele esquelético do Jasson, mas porque eu queria treinar com meu tchaku em paz. Só que, no que eu entrei, meu pai pegou o troço, dizendo:

— Tua mãe não quer que tu brinque com isso, porque vai acabar se machucando ou machucando alguém.

— Não é justo. Eu não sou o Mateus.

— A vida não é justa, Natalia.

— A vida não é justa, Natalia — arremedei.

Meu pai fechou a cara e minha mãe gritou que o arroz estava queimando, o que fez com que ele saísse correndo para a cozinha. Em minutos, estávamos à mesa, prontinhos para comer as delícias culinárias que minha mãe agora fazia. Aquele era o dia de pastelão de legumes. Vagem, ervilha, palmito, milho, cenoura, brócolis, queijo e temperinhos, tudo envolto numa lustrosa e crocante massa folhada. Que delícia. No acompanhamento: arroz e salada de tomate e alface. E dois ovos cozidos para cada um, porque tinha que comer proteína, ela dizia. Como era fim de semana, tínhamos um refrigerante de limão de um litro para todo mundo. De sobremesa, meu pai tinha feito flamery de laranja com cravo, um creme de laranja com amido de milho, cozido com cravo. Eu amava.

Depois que todo mundo comeu uma enorme quantidade de pastelão, quando o meu pai servia o flamery em copos baixos que um dia estiveram cheios de massa de tomate e requeijão, minha mãe disse, em tom solene:

— Preciso ficar uns dias fora, vou pra casa da mãe.

— Eu sabia que depois de tudo isso vinha uma bomba.

— Que drama! Como pode ser tão novinha e já fazer tanto drama?

— Mas é que eu tenho medo de ficar sozinha aqui com o Mateus.

— Mas o teu pai vai ficar.

— Mas quando ele vai trabalhar eu tenho que ficar sozinha com o Mateus.

— Mas quando eu tô aqui tu também tem que ficar sozinha com o Mateus.

— Mas eu tenho medo igual e nunca disse nada.

— Mas então tá na hora de superar mais um medo.

— Por que eu não posso ir junto?

— Porque é período letivo e tu tem aula.

Não tive argumentos. Saí da mesa sem comer meu flamery. Depois fiquei arrependida, porque ninguém foi levar o doce no meu quarto e eu é que não ia lá buscar. *Nada é de graça*, pensei. Só que, depois de um tempo, o pai foi lá no quarto me chamar.

— Vem comer teu flamery.

Eu levantei da cama e fui. Me sentei e, quando estava prestes a enfiar uma colher bem cheia daquela gosma laranja lustrosa e cheirosa na boca, minha mãe disse:

— Tem mais uma coisa que quero contar pra vocês.

A colher tocando a língua, o creme se espalhando delicioso pelos lados da minha boca, cobrindo meus dentes, descendo pela goela...

— Estou grávida, vocês vão ter uma irmãzinha.

... e fazendo o caminho de volta para saltar da minha boca direto na cara do Mateus e do meu pai. Minha mãe, como estava mais afastada, não foi atingida.

Não é que eu não quisesse uma irmãzinha, é que eu não estava esperando uma notícia daquelas durante a sobremesa. Ela tinha dito uma irmãzinha!

À noite, pulei para a cama do Mateus.

— Vai mais pro lado. — Ele foi. — O que tu acha?

— Do quê?

— De termos uma irmã?

— Legal.

— Só legal?

— É, legal. Um bebê. Eu quero ver como é.

— É legal. Quando tu veio do hospital, eu fiquei esperando, tinha muita curiosidade também. E tu era minúsculo e cabeludo. Uma pequena máquina de comer, chorar e produzir cocô. — Olhei para ele. — Será que vão me deixar escolher o nome de novo?

— Foi tu que escolheu meu nome?

— Foi. — Fiz uma pausa. — Tu gosta?

— Gosto.

— Que bom, era pra ser João.

— João eu não gosto tanto.

— A vó abriu a bíblia em João, e quando ela tava falando que ia ser esse o teu nome, eu empurrei a mão dela e ela abriu de novo em Mateus. Todo mundo gostou.

— E agora, que nome tu quer?

— Eu gosto de Camila.

— Camila?

— É, Camila. É bonito, sonoro e combina com os nossos nomes. Natalia, Mateus e Camila. O que tu acha?

— Legal.

— Legal tu tem que ser durante a semana, cara, porque eu que vou ter que ficar cuidando de ti. Por favor, vamos nos ajudar.

— Tá bem.

Ele falou aquilo do jeito que um psicopata fala, sabendo que vai aprontar alguma coisa.

No domingo a mãe viajou. Fomos levar ela até a rodoviária. Ela fez uma série de recomendações que a minha memória escolheu não guardar. Na segunda-feira de manhã, fomos juntos para a escola, depois que o pai fez o nosso café da manhã, que se resumiu a uma banana — a do Mateus ele esmagou; a minha não, porque eu já era grande, segundo ele, o que tinha até certa lógica — e um café com leite que eu fingi tomar, mas acabei jogando na pia. Eu acho que ele não lembrou que eu não tomava leite. Leite animal tem um cheiro muito ruim, fora a dor de barriga que dava (depois eu descobri que sofria de intolerância a lactose). Ao sair de casa, ele deu dinheiro pra gente comprar lanche.

No recreio, eu e a Ramona sempre juntávamos garrafas de vidro pelo pátio para completar o dinheiro e comprar alguma coisa mais. Em geral era alguma bala ou o chocolatinho porcaria com gosto de banha e formato de guarda-chuva que a gente amava. Ficávamos praticamente assediando as pessoas para que tomassem rápido seus refrigerantes e a gente pudesse sair correndo, carregando um monte de garrafinhas até o bar do tio e da tia, cujos nomes não sabíamos, mas que pagavam cinco centavos por garrafa vazia. Nós não nos preocupávamos com acidentes, ainda que vez ou outra uma garrafa saísse rolando de nossas mãos para se quebrar no concreto da calçada.

— Tu vai no aniversário da Maria Paula? — a Ramona perguntou.

— A Maria Paula vai fazer uma festa de aniversário?

— Vai, eu vi ela dando convites pras pessoas. Ela não deu pra ti?

— Ela deu pra ti?

— Não. Ainda não. Quer dizer — A Ramona coçou a cabeça —, ela não é muito minha amiga, né?

— Sei.

Fiquei pensando se eu era parte das pessoas chatas que não eram convidadas para as festas, que ainda nem tinham começado de verdade. Naquele ano, tinha acontecido apenas a festa do Tomás, a fatídica festa em que dei meu primeiro beijo horripilante, que gostaria de não lembrar. Queria ter uma nova oportunidade de dar um primeiro beijo, porque aquilo que aconteceu não deveria ser considerado um primeiro beijo real. Foi rápido, nojento. O Eduardo estava me esperando escorado numa árvore, a Ana me disse que ele queria ficar comigo e o Lucas confirmou. Eu fui até lá e ele estava com as costas coladas no tronco da árvore. Eu também colei as minhas costas naquele tronco imenso, fiquei do lado do Eduardo, então ele se virou rápido pra mim, cobriu a minha boca com a boca dele e projetou a língua umas três vezes bem para fora. Da primeira vez bateu nos meus dentes e escorregou para fora da boca; da segunda vez entrou um pouco e, quando saiu, raspou nos meus dentes. Tive a sensação de ser um limpador de línguas. Da terceira vez eu chupei a língua dele involuntariamente, porque eu também estava tentando descobrir alguns movimentos. Tudo isso durou uns dez segundos, daí ele saiu correndo até o outro lado do pátio, onde os guris começaram a gritar e dar tapinhas nas costas dele e celebrar alguma coisa que eu não sabia o que era. Fiquei mais uns três segundos com a boca aberta e virei de frente para a árvore. Era mais fácil encarar madeira do que gente. Estava morta de vergonha. Depois me mexi e caminhei para perto das gurias que estavam na porta. Elas me olharam estranho, e eu não soube se era acolhimento, inveja ou reprovação. Também não perguntei, pois o beijo já tinha sido ruim o suficiente.

A Ramona me tirou de um transe.

— No que tu tá pensando?
— Naquela festa do Tomás.
— Eu não fui.
— Ah, não perdeu muita coisa.

Na volta do recreio, a Maria Paula foi até a minha mesa e me entregou um papel bonito, adesivado, escrito com uma letra ovalada e certeira, *Você é minha convidada*. Abaixo disso tinha o endereço, o horário e a recomendação de que levássemos traje de banho. Eu sabia que a Maria Paula era rica e tinha uma casa com piscina. Ela foi se virando, e eu perguntei se ela não ia chamar a Ramona.

— É claro! — a Maria Paula respondeu, e esticou o convite para ela.

Nos cutucamos assim que ela se virou, e a Ramona disse que teria que comprar um biquíni novo, porque o dela não estava mais usável. Eu fiquei pensando que não faria diferença o meu estar usável ou não, porque eu não levaria.

Fiquei esperando o Mateus um tempão no portão da escola. Avistei ele saindo do prédio lentamente, com a mochila meio caída do ombro. Vinha se ajeitando e dando passos pequenos com as pernas meio tortas que tinha. Pensei em ir ao encontro dele para ajudar, mas não fui. Quando chegou no portão, uma alça da mochila escapou do ombro.

— Tá pesada?

— Tá.

— Mas que tanto material tu tem aí dentro?

— É que tem as minhas pedras.

— Que pedras?

— Minha coleção de pedras.

Peguei a mochila dele. Estava realmente pesada. Abri e encontrei, além das pedras, um tijolo maciço dentro.

— E isso aqui?

— Não! Isso não é meu!

— E por que isso tá na tua mochila, Mateus?

— Eu não sei. Alguém deve ter colocado.

— E tu não viu alguém colocar um tijolo na tua mochila?

— Não vi.

Tirei o tijolo de dentro da mochila dele e reparei em dois gurizinhos rindo perto do que chamavam de quadra de basquete, mas que era só um cimentado já sem pintura com uma tabela caindo aos pedaços. Eles arreganhavam bem a boca, projetando ao máximo os dentes para fora, e mexiam a cabeça de um lado para o outro. Quando notaram que eu tinha visto, pararam.

— Só um minuto, eu vou ali.

— Não! — O Mateus segurou a minha camiseta. — Depois vai ser pior. Deixa.

Ele baixou a cabeça e foi saindo da escola.

— Aqueles guris te incomodam?

— Não chegam a me incomodar, porque eu não dou muita bola. Mas tem dias que fico bem irritado. Eu tenho medo de bater muito neles um dia. Não quero brigar, não quero ser expulso.

— O que eles fazem além de colocar pedras na tua mochila?

O Mateus ficou sério e olhou para o chão.

— Eles me chamam de abridor de garrafa — disse e apertou bem a boca, tentando em vão esconder os dentes.

— Abridor de... — comecei a repetir, mas me interrompi. Fiquei tão irritada que minhas sobrancelhas quase se encontraram.

— Tudo bem, vamos dar um jeito. Quer que eu fale com a sora Bea? — Bea era uma das coordenadoras da escola. Era gente boa.

Ele me olhou de baixo para cima e esboçou um sorriso que não pareceu ser de psicopata. No ano anterior, tinham tentado emplacar o apelido de Nosferatu para mim. Sim, se não está evidente ainda, o Mateus e eu tínhamos os dentes bastante projetados, ele mais. Um aparelho ortodôntico nunca esteve dentro das nossas possibilidades, na época. O apelido não colou. Ninguém era tão cult assim, ninguém tinha tanta referência de expressionismo alemão ou horror. Até hoje me pergunto como o João Victor, o colega que trouxe o apelido, chegou ao personagem.

— Pode ser.

Será que eu estava finalmente me dando bem com o meu irmão? Será que estávamos construindo uma cumplicidade para receber a nossa nova irmã? Eu queria muito que fosse uma guria. Não que aquilo importasse muito, no fim as pessoas são o que são, e não importa muito como se definem. Quer dizer, importa quando podem se imaginar e se expressar como querem, isso sim. De resto, só sei que meu irmão se definia como lento. E eu, como desconfiada.

A semana transcorreu relativamente tranquila, sem tijolos, lembranças de línguas esquisitas ou outros convites. Foi assim até sexta-feira, quando a Ramona me perguntou o que eu ia dar de presente para a Maria Paula. Fiquei olhando fixamente para a aniversariante, para seu estojo cor-de-rosa, suas canetas com cheiro por cima da mesa, seus cadernos de capa dura, e pensando que uma guria daquelas tinha tudo e não precisaria de absolutamente nada. Daí a Maria Paula olhou de volta pra mim e sorriu.

— Por que tu tá vermelha assim? — Ramona perguntou.

— Não tô vermelha.

— Tá sim. Tá com as bochechas vermelhas.

— Tô com calor, sei lá.

Não estava tão quente. O fato é que eu às vezes pensava na Maria Paula, assim como pensava na Ana, na Carlinha, assim como pensava na Ramona, assim como pensava no Eduardo. Era um sentimento estranho para mim, e eu não sabia se podia falar dele com outras pessoas, se elas se sentiam assim também. Eu não sabia de nada e preferia continuar sem saber. Suspirei.

— Por que tá suspirando agora?

— Ramona, tu não tem nada melhor pra fazer do que ficar obcecada com as minhas reações humanas e orgânicas?

— Nossa, Natalia, que grossa! Eu só perguntei uma coisa. Tu nem me respondeu e ainda ficou com essa cara de abobada aí. Parece que tá apaixonada pela Maria Paula e não quer me contar.

Fiquei olhando para a Ramona sem acreditar que ela tinha dito aquelas palavras de um modo tão direto e simples.

— Nada a ver. Eu só não sei o que dar de presente, parece que ela tem tudo.

— Eu vou dar uma lanterna tática.

— Uma lanterna?

— É. Mas é uma lanterna tática, é muito massa, com cores e um bastão, além de sons de alarmes variados. É bem legal. A gente tem lá em casa e é muito útil e diferente.

— Parece mesmo. Eu não sei o que dar.

— Sabe que eu vi no supermercado um brinquedo de exercício?

— Brinquedo de exercício?

— É. Tem essa corda e no meio uma bola. Fica uma pessoa em cada ponta da corda. Na verdade, são duas cordas que passam no meio da bola. Tu tem que abrir os braços segurando as pontas da corda e a bola vai, aí a outra pessoa abre do outro lado e a bola volta.

— Nossa, nem sei se eu entendi.

— É fácil. Eu te mostro, se a gente passar no mercado. Daí tu já vê o preço.

— E se eu desse pra ela um tabuleiro de jogos? Tipo desses que tem xadrez e dama e...

— Eu sei que ela tem um tabuleiro de xadrez de mármore e madeira em casa — Ramona disse, me interrompendo.

— Ah é? Como tu sabe?

— Porque um dia ela contou pro João Vitor e eu ouvi.

Fiquei imaginando a Maria Paula de robe de seda em casa, jogando xadrez com o pai ou com a mãe, eles também usando robes de seda, bebendo suco de laranja em taças de cristal e rindo da vida. Pensei que convidaria a

Maria Paula para uma partida no dia da festa. Também pensei que nunca tinha visto ela no clube de xadrez e ela nunca tinha se candidatado para as olimpíadas de jogos de tabuleiro. Talvez ela não soubesse jogar. Talvez ela nem se interessasse. É sempre assim, quem tem tudo não se interessa por nada.

— Natalia? Tá viajando na maionese?
— Tava pensando.
— Tu pensa demais, vai gastar esse cabeção.

A Ramona achava que pensar demais cansava e gastava o cérebro. Às vezes eu ia dormir na casa dela, onde moravam ela e o pai. A mãe e a irmã dela moravam com outra família, e aparentemente tudo estava tranquilo. Todos se davam bem ali. A mãe, o pai e a esposa da mãe. O pai da Ramona não tinha outra esposa ou esposo, ao que me constava. Teve uma noite na casa dela em que eu não conseguia dormir. Fiquei rolando de um lado para o outro até que ela pulou para a cama onde eu estava.

— O que foi? Não tá conseguindo dormir?
— Não.
— Por quê?

Suspirei pesado.

— Eu não sei direito. Às vezes a minha cabeça... Sei lá... Ela não para, sabe? Vem uma enxurrada de pensamentos aleatórios. Eu quero que pare, mas não consigo. Vai dando uma pressão no peito, aqui, sabe.
— Horrível.
— Horrível.

Ela ficou um pouco quieta.

— Quer tentar uma coisa que minha mãe ensinou?

A mãe da Ramona era massoterapeuta e entendia algumas coisas que iam além do corpo físico, coisas de energia e de espiritualidade.

— O quê?

Ramona sentou na cama e colocou a mão sobre o meu peito, bem no meio, onde tem esse osso chamado esterno. E pressionou.

— Vou apertar um pouquinho pra tu sentir. A mãe diz que tem que sentir um pouco de peso. Tá sentindo?

— Tô sim.

— Agora respira fundo... — Ela puxou o ar pelo nariz. — E solta. — Ela soltou pela boca. — Cheira flor, sopra vela.

Ficamos respirando daquele jeito por um tempo.

— Minha mãe diz que essa respiração e esse toque no peito fazem a gente ficar no momento presente. Pensar assim descontroladamente leva a gente pra tudo que é tempo e lugar na memória e nas coisas da vida, planos e frustrações. Nem sempre isso é bom, porque ficamos desreguladas. Não, não é isso. É... desalinhadas!

— É verdade.

Eu nunca tinha me dado conta de que a Ramona era tão sabida dessas coisas, mas ela era.

— Agora tu põe a mão e aperta.

— Em ti?

— Não, né! Em ti mesma.

— Ah...

Coloquei. Ela colocou nela mesma e ficou deitada ao meu lado.

— Agora repete comigo: estou bem.

— Estou bem.

— Estou segura.
— Estou segura.
— Sou amada.
— Sou amada.

Ficamos repetindo até que a Ramona começou a rir e eu tive que ocultar o fato de que estava meio que chorando.

— Nossa, isso me deixa muito alegre.
— Que bom, Ramona.
— Agora vamos continuar respirando, só.

E assim ficamos. Adormeci rápido. Aquilo foi uma mágica que levei para a vida. Respirar é estar presente. Isso é uma grande tecnologia.

Acordamos abraçadas na cama.

— Bom dia, princesa — Ramona disse, erguendo e baixando as sobrancelhas.

— Sai fora — eu disse. — Não tem princesa aqui. Tá delirando? — E ri.

Depois fiquei pensando que aquilo tinha mexido um pouco comigo, mas botei na conta da bela noite de sono que tive.

Desde aquele dia, quando a Ramona queria ser engraçadinha, me chamava de princesa. Eu era o oposto da imagem de uma princesa padrão. Ela também. Então era meio engraçado, não chegava a ser irritante.

No fim da aula, passamos no mercado, como ela tinha sugerido. O tal brinquedo não era tão caro, mas era muito feio e sem graça: uma bola de plástico marrom que imitava uma bola de futebol americano e dois fios brancos que pareciam fios de varal, parecia uma gambiarra tosca, o que era legal, mas também parecia uma gambiarra *para crianças*. Joguei de volta na prateleira e o moço que estava organizando os itens me olhou feio, com razão.

— Foi mal.

Arrumei o brinquedo e, para compensar, quis organizar outras coisas que estavam empilhadas, mas elas caíram.

— Deixa que eu arrumo — o moço disse.

Saí logo de perto. A Ramona estava mostrando alguma coisa para o Mateus, que ria. Quando cheguei, ele parou e ficou sério.

— Tu não gosta de mim, Mateus?

— Não muito — ele respondeu e riu para a Ramona.

— Mas eu que sou tua irmã, não a Ramona, infelizmente.

— Infelizmente — ele disse.

Nos despedimos e nos separamos da Ramona. Na volta para casa, passamos na biblioteca pública. Eu peguei um livro que dizia na capa *Antologia da poesia brasileira* e o Mateus pegou uma HQ. Como era sexta-feira, a gente passava e retirava livros para ler no fim de semana. A bibliotecária já nos conhecia, e inclusive aguardava a nossa chegada com indicações.

— Pra ti esse aqui, Mateus.

— *Manual do escoteiro-mirim?* Acho que já conheço.

Não disse nada ao Mateus, mas eu já tinha lido aquele livro de cabo a rabo. É claro que se eu dissesse qualquer coisa nesse sentido ele nunca encostaria no livro, afinal, por que ele leria um livro que a irmã mais velha e chata leu? Ivone, a bibliotecária, sorriu para mim e deu uma piscadinha.

— Pra ti, Natalia, tem esse aqui.

O Mateus espichou o olho e começou a rir.

— Tá rindo do quê, piá? — eu disse, sem paciência.

— Tu ganhou um livro de antas, que combina contigo.

— Piá burro. Antologia é uma coletânea, um conjunto de textos de autores famosos.

— Eu nunca ouvi falar desses nomes aí.

Virei para ver o verso e meus olhos dançaram até a mesa da Ivone.

— *Aos teus pés* — falei, sem nem entender o que dizia. Os olhos dela também dançaram para o mesmo ponto e, com uma mão rápida, escondeu o livro debaixo de outro.

— Esse ainda não é pra ti. Ano que vem eu deixo tu levar.

— Por quê?

— É denso. É poesia fina e incendiária.

— Então eu quero.

— Ano que vem.

— E esse aí *Uma mulher diferente*? Por que ela é diferente?

Ivone deu um pulo, um grito e um tapa no livro, que caiu aberto embaixo da mesa.

— Esse menos ainda. Esse só daqui dez anos! — Eu fiz uma cara de espanto, tristeza e curiosidade. — Hoje eu não tô bem não, viu, gurizada? Vão indo que vocês já têm muito o que ler!

Não insisti naqueles títulos, achei que Ivone estava nervosa demais.

Os livros me ajudavam a cuidar do Mateus. Ao menos ele gostava de ler, então passávamos longas horas enfiados em casa, com os olhos grudados nas páginas empoeiradas dos livros da biblioteca. O Mateus também passava muito tempo com os olhos grudados no videogame, que ele só podia jogar no fim de semana. Em algum momento sempre rolava um "tô com fome" ou "vamos lá fora" ou mesmo uma campainha incidental. Desta vez foi a campainha.

— Atende ali, Mateus.

Ele se levantou e, quando abriu a porta, já começou a rir. Ramona invadiu a sala usando uma máscara do Incrível Hulk. Estava segurando outra, do Super-Homem.

— Ah, não, eu quero ser o Hulk! — Mateus disse.

Ramona urrou.

— Deixa eu ser o Hulk! — Ele tentou pegar a máscara.

Ramona se esquivou e urrou novamente. O Mateus parou de rir.

— O que tu tá fazendo aqui a essa hora?

— Sei lá, eu vim aqui, não posso?

— Pode sim, eu só não tava te esperando.

— Ah, desculpe não mandar menestréis me anunciarem. — Mateus voltou a rir. — Tava fazendo o quê?

— Lendo.

Ramona parou e ficou me olhando.

— O que foi?

— Eu esqueço que tu é uma nerd, cabeção.

— Não sou nada. Desde quando ler tem a ver com isso?

— É sim. Muito cabeção. Tu lê muito, tira nota boa, se interessa pela matéria no colégio. Tu até gosta das professoras. E tu joga xadrez, cara. Xadrez! — ela exclamou, mostrando as mãos abertas, como se ali carregasse os argumentos.

— O que tudo isso tem a ver com ser cabeção?

Ramona ficou me olhando e sorriu. Enquanto isso, Mateus aproveitou para tirar sorrateiramente a máscara do Hulk da mão dela. Depois, saiu correndo e urrando porta afora.

— Que horas teus pais chegam?

— Meu pai chega pelas seis da tarde. Minha mãe viajou e volta só na semana que vem. Foi visitar minha avó.

Mateus entrou urrando e correndo.

— Tô com foooomeeeeee! Hhraaaaaaaa!

— Se viraaaaaaaaa, piáaaaarrhhhgg.

— Vou contar pro paaaaaaaaahhhiiiirrrrgggg.

— Pode contar, não tô nem aíiiiiiiirrrgg.

— Aff, vocês dois.

Ramona entrou pela sala, foi até a cozinha e começou a abrir as portas dos armários e da geladeira. Poucos segundos depois enfiou a cabeça pela abertura da porta e disse:

— Sanduíches, todo mundo? Pipoca? Limonada?

O Mateus foi ajudar.

Eu que não ia reclamar se a Ramona vinha na minha casa fazer sanduíches, pipoca e limonada. Passamos a tarde nos empanturrando, urrando e conversando.

— E esse livro?

— É bom.

— Lê uma coisa aí.

— Tá, espera. — Abri o livro e comecei: — *Oh, que saudades que tenho da aurora da minha vida, da minha infância querida que os anos não trazem mais! Que amor, que sonhos, que flores. Naquelas tardes fagueiras, à sombra das bananeiras, debaixo dos laranjais!*

— Pfffff pelo amor de deus! Até eu escrevo melhor. — Ramona puxou o livro e olhou o título do poema. Eu fiquei segurando forte. — Tu tem saudade dos teus oito anos?

— Eu não.

— Nem eu. Deixa eu ver. — Ela tirou o livro da minha mão. — Só existe poeta homem? Que estranho.

Não tinha me dado conta daquilo, mas, realmente, os nomes eram todos de homens. Depois daquela revelação, falei para a Ivone que queria ler mais mulheres. Ela aceitou a missão.

Ramona foi embora e eu voltei para o meu livro, que agora não parecia mais tão interessante, mas ainda assim me deixava fascinada. Meu pai chegou um pouco mais tarde do que o normal. O Mateus estava jogando videogame.

— Desligando tudo que eu quero ver o jornal quando sair do banho.

Mateus salvou a fase e desligou o videogame, depois meu pai saiu do banheiro, se serviu de um copo d'água, fez um sanduíche e comeu sentado no sofá, sem falar nada. Tinha uma cara de cansaço. Resolvi puxar conversa.

— Veio a pé, pai?

— Não, vim de ônibus. Fiquei até mais tarde, daí o horário já não é bom pra caminhar. Amanhã tenho que trabalhar de novo.

— Ah, não, mas é sábado! — o Mateus disse.

— Mas, pai, a gente ficou de ir comprar o presente da Maria Paula.

— Podemos ir de manhã cedo no mercado, depois eu já vou pra rodoviária.

Eu não respondi nada, e ele também não fez perguntas. Me levantei do sofá e fui indo para o quarto. Pretendia terminar o livro, mas o Mateus tinha que perguntar uma coisa idiota para eu acabar com um pensamento fixo me incomodando por um tempão.

— Quando a mãe volta?

— Não sei. Talvez ela nem volte mais.

Mateus e eu arregalamos nossos olhos, que se encontraram no pavor.

— Não volte mais? — o Mateus quase gritou.

— É! Não me encham o saco — o pai respondeu, irritado.

Ele se levantou, foi até o Mateus e passou a mão nos cabelos dele. Parecia um carinho, mas também parecia que estava tentando esfregar o cérebro dele. Depois o pai foi vindo para o meu lado, mas eu fui mais rápida, entrei no quarto e bati a porta. Não queria carinho nenhum.

Ter pais separados não era uma novidade. Os pais da Claudia, minha colega, por exemplo, tinham se separado. Ela, que era uma guria rosada, durante o processo passou a ter olheiras e estar sempre cansada e chorosa. Mudou o estilo; começou a usar preto e uma tiara, ao invés da franja. Por isso, depois do que disse o meu pai, eu peguei o espelhinho da parede e levei para a cama. Fiquei me olhando. Eu já tinha olheiras, já usava preto, meu cabelo já era oleoso e eu também já usava tiara. Será que os sinais da separação estavam todos em mim e eu não sabia? Achava que a Claudia tinha feito a transformação por vontade própria, mas talvez as coisas fossem acontecendo naturalmente. *A degradação humana*. Pensei nessas palavras, como se fosse escrever meu próprio poema do romantismo.

— A degradação humana é como uma banana. Apodrece e cheira mal se esquecida no fundo de um caixote. Apodrece e coisa tal se mexida no... Cangote? Saiote? Com Dom Quixote? Entendida como mascote? Nada a ver.

Fiquei me olhando e falando bobagens até ter a sensação de que a pessoa no espelho não era eu. Mais tarde descobri que isso se chama dissociação. Era estranho. Eu era outra pessoa no espelho. Engrossei a voz.

— Tu. Quem és tu? — Depois afinei a voz, como Alice. — Eu já nem sei, senhor, mudei tantas vezes desde hoje de manhã. Vê? — Engrossei a voz. — Eu nada vejo. Explica-te. — Afinei. — Sinto muito, mas não posso explicar, senhor, já não sou a mesma, como vê. — Engrossei. — Eu nada vejo. — Afinei. — Não sei como eu vou explicar. — Engrossei e gritei: — Tu! Quem és tu?!

— O que tu tá fazendo aí? — meu pai perguntou, e ele e o Mateus abriram a porta.

— Nada. Tava lendo.

O Mateus entrou e o pai fechou a porta.

— Louca.

— O que é?

— Eu disse louca! Doidona!

— Devo ser mesmo, pra te aguentar tem que ser meio doidona.

Deitei e me virei para a parede.

Uma hora depois, ouvi a voz do Mateus.

— Natalia.

Não respondi.

— Nati.

Continuei virada, sem falar.

— Natalia Natalia Natalia Natalia Natalia.
— O que é, guri do inferno?!
— Tu acha que a mãe não vai mais voltar mesmo?
Suspirei e fiquei um tempo quieta. Não foi muito tempo, mas o suficiente para o Mateus começar a fungar.
— Claro que ela vai voltar.
— Então por que o pai disse aquilo?
Eu não tinha resposta. Não tinha como saber da relação do meu pai e da minha mãe, como eles estavam, se tinham brigado, se ainda se amavam, se planejavam coisas juntos, se brigavam para além do que a gente via. Eu imaginava, mas não sabia que o fato do meu pai beber incomodava tanto a minha mãe, não sabia que o fato da minha mãe querer tantas coisas como se fosse uma obrigação e uma possibilidade inata do meu pai ser bem-sucedido deixava ele frustrado — ele não era bem-sucedido, estava longe de ser nos termos que ela desejava e talvez nem fosse do interesse dele ser. Naquela hora, eu precisava ser a irmã mais velha que protegeria o meu irmão de uma informação que eu nem imaginava se era ou não verdadeira. Mas quem ia me proteger? Será que a mãe não ia mais voltar? Eu achava impossível. Como que ela ir dar o fora e abandonar a gente? Depois lembrei que o pai do Igor tinha fugido, abandonado a mãe dele e as três irmãs. E o pai da Fernanda também. Fiz um esforço para pensar se alguma mãe tinha abandonado algum amigo ou amiga, mas não lembrei de nenhuma história. A mãe da Ramona até tinha outra família, mas todos se davam muito bem na casa dela. Talvez não fosse tão comum — mas a nossa mãe não era uma mulher comum.

Eu não sabia medir direito o quanto esse fato era bom ou ruim. E eu também não podia dizer que era fácil para os meus pais.

No dia seguinte, o pai nos chamou para ir ao mercado. O Mateus disse que não queria ir.

— Tu quer é ficar jogando videogame o dia todo, né?

Ele não disse nada, mas era isso mesmo.

— Natalia, não deixa ele ficar o dia todo na frente da televisão, jogando. Mateus, tu tem que ir brincar na rua, se quebrar, cair, rachar a cabeça no meio, enfiar um prego no pé, arranhar o cotovelo num muro de chapisco... Pelo amor de deus, vocês parecem que não sabem aproveitar a infância.

O Mateus não disse nada e também não se moveu para ligar o videogame. Eu sabia que ele faria isso assim que saíssemos. Nada daquilo que meu pai dizia significava aproveitar a infância para mim, muito embora eu pudesse dar um check em quase todos os itens.

— Eu tô pronta.

Quando chegamos na metade do caminho, meu pai apalpou os bolsos das calças. Fez uma careta. Parou.

— Acho que esqueci a carteira em casa.

— Vamos voltar logo, então.

— É, vamos. Que estranho... — Ele espichou a cara. — Vai olhando aí pelo chão também, vai que eu tenha derrubado.

Quando chegamos de volta na frente do apartamento, a Magali, nossa vizinha, estava varrendo umas folhas.

— Bom dia, Pedro. Bom dia, Natalia. Caíram da cama?

Eu sempre me levantava cedo, não entendia por que

às vezes as pessoas falavam essas coisas, mas eu também tinha preguiça de ficar dando explicação. Além disso, o Jasson estava manuseando o meu tchaku.

— Sim — respondi.

Meu pai me deu um sopapo na nuca. Não foi forte nem nada, só senti o vento nos cabelos, mas achei descabido.

— Ai, pai. O Jasson roubou meu tchaku.

— Eu que dei pra ele.

— Por quê?

Ele não me respondeu.

— Magali, bom dia, tu por acaso não viu uma carteira caída no chão?

— Capaz que perdeu a carteira?

— Pois é, tô achando que perdi.

O Jasson manuseava o meu tchaku, me olhava e ria.

— Mas que barbaridade! Eu não vi nada.

— Bom, eu posso ter deixado em casa.

Ele entrou em casa e eu entrei logo atrás para ajudar a procurar. O Mateus estava mesmo jogando videogame, e pareceu nem notar que tínhamos voltado. Estava jogando Mega Man. Vidrado. Só se impacientou quando começamos a passar na frente da televisão.

— Mas que droga, assim eu vou morrer!

— Mateus, se tu não desligar esse jogo e começar a nos ajudar *agora* tu vai morrer mesmo — eu disse.

— O que aconteceu?

— O pai deu o meu tchaku pro Jasson.

— E daí?

Nesse momento, o pai já estava um tanto alterado. Tinha revirado a cama, jogado as roupas pelo quarto. Ficava falando sozinho "não é possível, não é possível". A Magali chegou na porta.

— Pedro, quer ajuda pra procurar?

Meu pai veio até a sala com os olhos arregalados.

— Quero. Magali, não é possível, não é possível.

Passamos uma meia hora revirando a casa. Magali serviu um copo d'água para o meu pai. Meu pai pegou o copo e se sentou no sofá.

— Não é possível.

— Pai, nós não vamos mais no mercado?

Ele me olhou e não disse nada. Depois olhou para a Magali. E a Magali olhou para mim como quem diz "cala a boca".

— Sabe, ontem eu vim de ônibus, porque tava tarde e eu não queria andar a pé, fiquei com medo de ser assaltado, porque ontem era dia seis e eu recebi. Não queria sair por aí com o dinheiro do pagamento. Todo. No bolso. Aí eu peguei um ônibus.

— Sim. Era o mais lógico — Magali disse, fazendo sinal pro meu pai beber a água.

— Era o mais lógico, não era?

— Sim. — Ela pegou o copo da mão dele. — E tu não tem mais nada? Nada guardado? Um troco pra emergência?

Meu pai sacudiu a cabeça negativamente. Fiquei olhando para eles. Meu pai seguiu falando.

— Agora tô me lembrando que um cara, um cara, não vi nada de suspeito nele, esse cara bateu em mim algumas vezes, digo, ficou esbarrando em mim. O ônibus estava cheio, então é normal. Mas agora eu lembro. Ele esbarrou algumas vezes e depois eu mudei de lugar, fui mais pra frente e ele também foi. E esbarrou de novo. E depois sumiu pra trás. Como se tivesse desistido de sair ou de descer ou como se tivesse achado um lugar. Sumiu da minha vista. E eu não conferi meus bolsos. Quando cheguei em casa, pendurei minhas calças na porta. Tava muito cansado. Não conferi nada. Depois, sozinho com esses dois, sem notícias da Lane, sem saber se nossa filha tá bem.

— Eu tô bem.

— A bebê. A bebê que a tua mãe tá esperando. Que nós estamos esperando. E aí, eu tô cansado, parece que não dou conta. — Então ele me olhou. — Não tem mais presente, não tem dinheiro, não tem nada. Nem comida vamos ter.

Arregalei os olhos, peguei o Mateus e fomos para o quarto. Magali chegou perto do meu pai e deu um sopapo na nuca dele.

— Não fala assim na frente deles. Tu é louco? Tu acha que eles têm discernimento? O que tu acha que eles vão pensar? Nem responde, porque a resposta é que eles vão pensar exatamente o que tu disse, porque tu é o pai deles.

— Eu não quis dizer...

— É, mas disse. Eu vou lá falar com eles.

E ela veio.

— Mateus, Natalia, o pai de vocês tá muito triste e preocupado, porque agora notou que foi roubado. Mas nada vai faltar pra vocês. Vocês podem comer lá em casa, podem fazer o que precisarem lá em casa. O pai de vocês foi pego desprevenido, isso acontece, mas ele tem um trabalho e pode conversar com o chefe pra pedir um adiantamento e pode pagar em vezes, né, Pedro?! — ela gritou para ele. Meu pai olhava para o nada. — Então, não é assim que nem ele falou. Mas também não é fácil ser roubado, hein! Vocês têm que entender e cooperar!

O Mateus abriu o berreiro.

— A mãe não vai mesmo voltar? Eu não quero morar na casa da Magali, Natalia.

— Não é isso que ela falou, guri.

— A mãe de vocês vai voltar, sim, parem de drama, ela só foi tirar um descanso. Vocês não têm ideia de como é cansativo ficar grávida! Pois imaginem um parasita gigantesco comendo vocês por dentro.

— Credo, Magali — meu pai disse da porta, enquanto a gente abria tanto a boca de espanto que era capaz de engolirmos o quarto inteiro, como se fôssemos buracos negros prontos para sugar tudinho que nos circundava, toda a nossa realidade.

Ele se sentou ao nosso lado, colocou a mão nas nossas cabeças. Aquele era o momento esperado: ele nos explicaria tudo e nos sentiríamos bem e seguros e amados — como no exercício de respiração. Ele esfregou as nossas cabeças. Suspirou.

— Melhor arrumarem esse quarto bagunçado antes de eu voltar, à noite.

— Pode deixar, Pedro, eu fico de olho aqui. E fica tranquilo que dou almoço e janta pra eles.

— Ah, obrigada.

Levantou e saiu. Engolimos tudo.

Assim que ele bateu a porta, eu disse baixo:

— E o presente?

Eu não podia chegar na festa da Maria Paula de mãos vazias. Que vergonha. Iam achar que eu era pobre. E não que a gente não fosse, mas eu não queria que as pessoas ficassem sabendo e falando sobre isso. O Mateus se levantou e foi jogar o jogo que, durante toda aquela tensão, ele tinha deixado no pause. Magali foi saindo pela porta, dizendo que pela uma da tarde almoçaríamos, porque no fim de semana almoçavam mais tarde. E que ia ter picadinho de carne.

— Eu sou vegetariana.
— Que é nada.
— Sou sim. Eu não como animais mortos.
— Come animais vivos?
— Eu não como animais e ponto.
— Melhor. Sobra mais. Tem batata, com molhinho de tomate e salada de repolho.
— O molhinho é da carne?
— Sim.
— Então eu vou comer só batata e repolho.
— Tu que sabe, depois vai peidar que é uma beleza.
— Então eu não vou comer nada.
— Tu que sabe.
— Tenho uma festinha de aniversário de tarde, posso comer lá.
— Que horas?
— Começa às quatro.
— E como tu vai?
— O pai da Ramona vai passar aqui pra levar a gente.
— E vai ficar sem comer até as quatro? E depois chegar lá morta de fome?

Ela tinha razão, eu não podia chegar sem um presente e morta de fome. Primeiro eu pensaria em como resolver o problema do presente, depois o da fome.

— Já sabe a roupa que vai pôr? Se quiser eu te maquio.
— Não, não.
— Não o quê?
— Não sei a roupa e não quero que me maquie. É uma festa na piscina.
— Ah, bom.

Eu fiquei pensando que não me maquiaria por nada neste mundo.

— Eu queria ter uma filha pra maquiar de vez em quando. Acho que ainda vou ter.

O filho dela gostava de se maquiar. Não sei por que ela não maquiava ele; acho que não via, sei lá.

À uma da tarde, Magali nos chamou para comer. Tinha feito vagem, além do que prometeu.

— Ó, fiz pra ti.

Eu agradeci e acabei comendo também o molhinho da carne com a batata. Estava muito gostoso. Fazia semanas que não comíamos algo gostoso daquele jeito. A Magali olhou para mim com cara de fedor e seguiu comendo. Vinte minutos depois eu corri para casa, antes que ela pedisse para eu lavar a louça. E ela pediria. Em outras circunstâncias, eu não me importaria de ajudar, mas é que eu precisava resolver uma coisa urgente.

— Cara, o que eu vou dar pra Maria Paula?

O Mateus deu de ombros enquanto ligava a televisão e o videogame.

Fui até o meu quarto e comecei a revirar todas as porcarias que eu via: velas pela metade, um sabonete feito de restos de sabonete que eu usava para deixar a gaveta cheirosa. Eu podia fazer um desenho, mas não desenhava bem. Uma fita cassete? Não, eu gostava daquela banda e, além do mais, eu acho que ela ouvia CDs, uma das invenções tecnológicas mais toscas da humanidade. Fui encontrando algumas balas soft espalhadas pela casa, mas não o suficiente para compor um presente. Além disso, ela poderia pensar que eu estava dizendo que tinha mau hálito ou que estava tentando matar ela engasgada. Faltava meia hora para a Ramona chegar com o pai e eu não estava nem arrumada. Coloquei uma camiseta que combinava com uma legging, peguei meu biquíni carcomido e botei na mochila. Eu não ia usar, mas vai quê. Depois tirei ele da mochila e atirei em cima da cama. Peguei uma bolsinha de plástico da minha mãe e pensei que não tinha nada para levar dentro dela, nem presente. Sentei no sofá. Levantei, fui escovar os dentes e me joguei no sofá de novo.

— Ai.

Tirei o livro de baixo da bunda e tive a melhor ideia de todas. Era isso. Daria o livro. Depois eu diria a Ivone, a bibliotecária, que tinha perdido. Ela não ia ficar tão braba, porque eu sempre fui muito cuidadosa. Sempre não. O episódio da banana podre pode ter me traumatizado. Olhei o livro. Tinha um carimbo da biblioteca na primeira folha e um envelope para o registro das retiradas na última. Arranquei os dois com cuidado. Me senti uma criminosa, mas o que eu ia fazer? Chegar no aniversário chique da Maria Paula sem um presente? Não, isso nunca. Corri até a cozinha, porque lembrei que minha mãe guardava papéis para presente e fitas na gaveta. Peguei um. Fiz o pacote. Fiz o melhor que pude. Ficou um pouco troncho. Colei um lacinho já pronto. Fiz tudo com cola mesmo, porque não achei fita durex. E era isso! Eu tinha um presente. Ouvi uma buzina. Era a Ramona e o pai. Acenei da janela.

— Mateus, não fica jogando videogame pra sempre aí.
Ele não falou nada.
— Tia Magaaaaaliiiii — gritei já na porta.
— O que é?! — ela gritou da cozinha.
— Tô saiiiiiiindoooooo — gritei já no pátio.
— Tá bom! — ela gritou ainda mais alto.
— O Mateus tá jogando videogame! — gritei de volta, já quase entrando no carro.

Não ouvi a resposta.
— Oi.
— Oi!
— Vamos lá, gurias — o pai da Ramona disse —, busco vocês às oito, que é quando vou poder. Estejam na frente da casa.
— Sim, pai, sim. Estaremos lá. Cadê o presente?
— Tá aqui. — Mostrei o pacote e, quando olhei pela janela do carro, vi algo reluzindo na calçada. — Espera! Eu esqueci uma coisa. Espera!

Desci do carro correndo e peguei o tchaku que estava abandonado, pendurado no portão da casa do Jasson. Ri por dentro. E voltei correndo para o carro.

— Ah, não é mais o troço que tu disse que ia dar?
— Não, é que meu pai foi roubado, daí ficou sem dinheiro pra... — Parei de falar, porque eu não podia contar que estava dando um livro roubado da biblioteca.
— Ah, então, tu pegou um livro teu pra dar.

— Isso. — Mal sabia ela que eu não tinha livros. Nem os da escola eu comprava. — E tu?

Ela mostrou o pacote e pelo formato achatado dava para adivinhar que era um CD.

— De quem?
— Adivinha?
— Spice Girls.
— Como é que tu sabe?
— Porque é só isso que tu escuta.

Mal sabia a Ramona que a Maria Paula ganharia cinco CDs repetidos das Spice Girls. Agora, livro, só o meu mesmo.

Quando cheguei na festa sem biquíni, a mãe da Maria Paula insistiu para eu pegar um emprestado e entrar na piscina.

— Paulinha — Ela chamava a Maria Paula assim —, empresta um biquíni teu pra Natalia, filha.

— Não precisa de biquíni nenhum.

Eu odiava chamar atenção, e naquela hora todos olhavam para mim.

— Esqueceu o biquíni, Rã? — disse o espinhento do Douglas.

— Eu não vou entrar na água.

Mas, quando vi, a Maria Paula já tinha saído da piscina, agarrado o meu braço, passado a mão numa toalha e me arrastado pelas escadas até o segundo andar, onde ficava o quarto dela.

— Tem esse aqui, pode ser? Acho que vai ficar bom em ti.
— Não precisa.
— Isso é o meu presente?
— Ah, é sim — respondi e entreguei o pacote.

— Não, eu tava falando disso aqui.

Ela tirou o tchaku da minha outra mão.

— Ah, é... Eu pensei que... É isso, é. — Eu não sabia o que dizer. — Tu gosta? É diferente.

— É um tchaku?

Ela fez movimentos bem precisos, como se fosse uma ninja. Eu fiquei impressionada.

— Como é que tu sabe...

— Sei lá, Bruce Lee. — Eu sorri e deixei ela ficar com o livro e com o tchaku. — Bota isso logo, Natalia, e vamos pra água.

A Maria Paula tinha um banheiro só para ela no quarto. A pia era cheia de cremes, perfumes e maquiagens, e o espelho era muito maior do que o espelho do nosso banheiro de casa, que era compartilhado. Tirei a camiseta e joguei no chão. Depois juntei e dobrei e coloquei ao lado da pia, num nicho com toalhas. O box do chuveiro era de ladrilhos verdes e limpíssimos. Baixei as calças e sentei no vaso.

— Já se vestiu?

— Não. Tô fazendo xixi.

— Ah, tá.

Olhei para a minha calcinha. Tinha uma pequena mancha avermelhada nela. Não podia ser: eu tinha ficado menstruada pela primeira vez naquela hora miserável. Ouvi um barulho na porta e a Maria Paula entrou. Vesti a parte de baixo muito rápido e fiquei tapando meus projetos de seios com as mãos.

— Eu te ajudo.

A Maria Paula não parecia estar constrangida nem nada. Eu queria morrer. *É só um corpo, tá tudo bem.* Fiquei pensando assim, mas não conseguia parar de pensar que eu estava meio pelada e, de certa forma, a Maria Paula também. Me virei e ela amarrou a parte de cima para mim e depois baixou a parte de baixo dela, sentou no vaso e começou a fazer xixi. Eu fingi que estava tudo bem, só que o meu cérebro estava achando tudo estranho. Eu não tinha aquela intimidade nem com a Ramona, que era a minha melhor amiga. Pensei em pedir um absorvente, mas como eu entraria na piscina depois? Não falei nada. Se era o primeiro dia da primeira vez, não poderia vir um rio de sangue. Ou poderia?

— Pode sair, se quiser.

— Ah, sim, claro. Te espero aqui fora.

Ouvi a descarga e a Maria Paula saiu do banheiro.

— Vamos pra água!

Descemos correndo e, quando chegamos na piscina, todos estavam brincando de redemoinho, o que consistia basicamente em ficar fazendo a volta na piscina pelas bordas, mas dentro, gritando oOoOOooOOOOOoOoOOO OOoOoOOOOOooo. A Maria Paula pulou bem no meio da água e logo nadou até um espaço vago no redemoinho.

— Pula! Pula! Pula! Pula! — gritavam cada vez mais alto. Era para mim.

— Não, galera, eu não sei nadar.

— Pula! Pula! Pula!

Pulei no mesmo lugar que a Maria Paula e todos seguiram girando. Voltei para a superfície e depois afundei de novo. Minha experiência com piscinas se resumia às rasas, de plástico, em que a água batia no joelho. Afundei. Subi, respirei. Afundei. Tomei um pouco de água.

Fiquei pensando que não era possível eu estar me afogando, que fosse morrer ali, não era possível, nada a ver a pessoa ir numa festinha de aniversário e morrer. Subi, respirei. Afundei. Continuava ouvindo OoooOoOOOoooo ooOOOoOoOOOoooOOo, aí me dei conta de que estava, sim, me afogando. Não queria gritar por socorro, porque talvez não fosse assim tão grave, talvez eu alcançasse a borda. Engoli mais água. Tossi. Comecei a ficar sem ar. Afundei. Subi. Afundei e me senti mole e estranha. Não tive mais forças para subir, mas continuava ouvindo um abafado OooOOooooOoooooOOoo até um braço me puxar para fora. Depois eu soube que tinha sido o irmão mais velho da Maria Paula.

— Ninguém viu que a guria tava se afogando?
Silêncio.
Tossi muito. Ele me colocou deitada no chão, perto da piscina. Todo. Mundo. Veio. Ficar. Ao. Redor. Eu estava consciente, mas não abri os olhos, porque a falação tinha voltado e era tanta que fiquei com vergonha de olhar para a cara das pessoas. Eu não queria ser fiasquenta, mas a que custo? Senti uma coisa quente e úmida no meio das pernas e implorei que não fosse sangue da menstruação. A que ponto a gente chega para não passar vergonha? *Ah, deixa eu morrer aqui. Eu não quero incomodar e passar vergonha.*

— Sai da frente!
A Ramona se ajoelhou ao meu lado, colocou a orelha na minha boca e depois no meu peito e depois a mão na minha nuca, virou um pouquinho a minha cabeça para trás e soprou dentro da minha boca três vezes. Abri

os olhos antes que ela começasse a massagem cardíaca, quando soprava quente mais uma vez. Nos enxergamos muito de perto, como dois ciclopes.

— Graças a deus, Natalia. Eu nem sabia o que tava fazendo.

Olhei e a Maria Paula estava ajoelhada do outro lado.

— Desculpa, eu não queria estragar a festa.

— Nada a ver, Natalia. A gente que deu bobeira, desculpa. — A Maria Paula era mesmo legal. — Consegue levantar?

— Sim — respondi, e as duas me ajudaram.

— Gente, vão comer, tem comida na garagem, vamos deixar a Natalia respirar. Tá tudo bem — alguém disse.

Ficamos nós três.

— É, tá tudo bem — a Ramona disse para todo mundo. Depois virou para mim e perguntou: — Tá tudo bem?

— Sim, eu acho que sim. Me assustei.

— Eu adorei os presentes, Natalia. Vou ler logo, eu gosto de poesia. Eu escrevo umas coisas — Maria Paula desatou a falar.

— Sério? Eu também.

— É? Deixa eu ler um dia?

— Ah, não sei, não é nada bom.

— Não importa. Eu te mostro os meus.

— Eu te mostro os meus — a Ramona arremedou a Maria Paula, depois riu. — Os presentes, no plural? Eu vou ali comer pra vocês falarem sobre a poesia de vocês duas, poetas.

E foi.

— O que deu nela?

— Não sei.

A festa correu bem. Subi, coloquei a minha roupa de novo, fiz um bolo de papel higiênico e coloquei na calcinha. Fiquei meio de canto, comendo e pensando se era verdade que eu tinha quase morrido. O pai da Ramona veio pegar a gente no horário combinado, eu só não entendi por que ela estava irritada comigo.

— Tu tá com ciúmes da Maria Paula?

— Eu não. Nem gosto de poesia. Podem escrever à vontade, poetas.

— Tu sabe que tu é a minha melhor amiga, né, Ramona? A Maria Paula não chega nem perto do que tu é.

— Claro, sim, é sobre isso.

— É sobre o quê então?

— Por que estão cochichando, gurias? — o pai da Ramona perguntou.

— É que a Natalia tá namorando.

— O quê?

— Ah, certo — o pai dela disse, sem perguntar mais nada.

Quando eu cheguei em casa, a minha mãe estava de volta. Encontrei ela e meu pai sentados no sofá, no maior romance. Ele massageando os pés dela, ela tomando um suco, uma musiquinha rolando no ambiente. Entrei, dei um beijo nela.

— Que saudade eu tava de vocês.

Eu não disse nada, mas tinha vontade de dizer "então por que demorou tanto tempo pra voltar?".

Fui para o quarto e encontrei o Mateus lendo.

— Como foi a festa?

— Péssima. Eu quase morri e a Ramona tá braba comigo por algum motivo que eu não sei. Por outro lado, parece que eu e a Maria Paula agora somos amigas.

— Vocês não eram? Por que ela te convidou, então?

— Não é isso, a gente era mais colegas, sabe? Agora somos amigas. — Parei por um segundo. — A parte de eu quase ter morrido não te interessa?

— Não muito, porque tu tá aqui, viva.

Ele sabia ser irritante. Fui tomar banho e me deitei para dormir. Não dormi. Meus olhos percorriam o teto e minha cabeça tentava buscar os motivos pelos quais a Ramona tinha ficado chateada comigo. Meus pensamentos giravam pela minha cabeça como numa máquina de lavar centrifugando roupas aleatórias. Botei a mão no peito, apertei um pouco, comecei a respirar.

— Cheira flor, sopra vela, cheira flor, sopra vela.

— Que tá fazendo, doida?

— Nada, fica quieto aí.

Às vezes fico pensando que eu poderia ter uma relação melhor com meu irmão, mas sempre foi difícil para mim.

— Estou bem, estou segura, sou amada, estou bem, estou segura, sou amada.

O Mateus suspirou.

— Acho que não — ele disse.

De repente comecei a pensar que talvez a Ramona gostasse de mim mais do que como amiga, que talvez ela estivesse com ciúmes da Maria Paula e que talvez eu gostasse mesmo da Maria Paula. Tudo aquilo dava um grande nó na minha cabeça. Levantei para tomar água e encontrei o meu pai olhando pela janela.

— Por que tu tá acordado?

— Tô meio triste — ele disse, e tinha realmente uma cara triste. Mesmo no escuro dava para ver.

Eu não sabia o que responder. Como a gente lida com um pai triste quando a gente também tá meio triste? Só que as palavras saíram da minha boca sem que eu pudesse impedir.

— Por quê?

— Acho que eu e a tua mãe vamos nos separar. Não é nada certo, mas eu tô triste. — Ele parou e suspirou. — E pelo dinheiro também. — Suspirou de novo. — O que me roubaram.

— Mas hoje quando cheguei parecia tudo bem.

— A gente tenta. A gente se gosta, mas talvez não o suficiente pra ficar juntos, sabe?

Eu não sabia. Achava que era o suficiente. Peguei meu copo d'água e fiquei ao lado dele. Não precisei olhar para perceber que estava chorando. Dava para ver o brilho das lágrimas escorrendo pela cara dele.

— Eu quase morri hoje, pai.

— Uau. Foi um péssimo dia, então.

— Foi, mas ao menos eu tô viva.

— O que aconteceu?

— Eu quase me afoguei na piscina da Maria Paula, mas o irmão dela me salvou.

— Nossa, filha, que loucura. E ficou tudo bem?

— Mais ou menos... A consequência disso foi estranha. Eu acho que a... Eu acho que a Ramona ficou com ciúmes da Maria Paula, porque ficamos mais próximas.

— Isso é coisa de amigas. Logo vocês todas voltam a se dar bem.

Suspirei.

— É que eu acho que a Ramona gosta de mim.

— Ah... — Meu pai ficou um pouco quieto, pigarreou, ajeitou os cotovelos na janela. Eu tomei um gole de água e fiquei esperando ele dizer alguma coisa. — Eu, eu... Não sei o que dizer, minha filha, eu não... Mas é a mesma coisa, não é? Digo, assim, somos pessoas. Se ela gosta de ti... A gente não escolhe de quem gosta, vai acontecendo.

Ele falou um monte de palavras desencontradas, mas eu estava entendendo que ele tentava me dar um conselho, e parece que me servia. Vai acontecendo. Acho que ele falava dele e da mãe, de algum modo.

— É, pode ser.

— Tu... — Ele pigarreou. — Tu gosta dela?

— Não sei.

— Ah, Natalia, isso é complicado, e tá só começando pra ti. Amar é dolorido demais, mas acontece e é bom também. Agora tu não tem compromisso com ninguém, pode escolher sem muitos problemas. — Ali eu entendi que ele falava mesmo dele e da mãe, e eu não queria saber. — Tu gosta de alguém, posso saber?

— Eu acho que gosto um pouco da Maria Paula, mas eu não sei direito, porque, na verdade, eu também gosto da Ramona. É um pouco confuso na minha cabeça. Eu não sei ainda se gosto delas.

— O amor é meio confuso mesmo. Agora, deixa eu te dizer uma coisa. Nunca se prive ou se blinde do amor.

— Era súper estranho ouvir meu pai dizer aquelas coisas que faziam muito sentido sobre sentimentos. — No fim, é o amor que alivia, que evita que a gente tenha somente dias péssimos. E tô falando de todos os tipos de amor. — De repente, o meu pai era um sábio. — Todos, Natalia. Não só a porcaria do amor romântico, mas todos. O nosso, por exemplo, de pai e filha, que eu sinto não estar te proporcionando direito, por causa dos péssimos dias que venho tendo... — Daí ele me olhou. — Foi mal, filha, eu também tô aprendendo esse negócio de vida.

Eu senti um engasgo tão forte na garganta que precisei sair correndo e me jogar na cama. Dormi imediatamente.

No dia seguinte, levantamos e fomos para a escola, sem mencionar aquela conversa que parecia ter sido um sonho. Meu pai e minha mãe estavam mais carinhosos com a gente. De repente, eu me sentia bem, segura e amada. Um calor percorreu o meu corpo e uma onda de algo parecido com felicidade me invadia. Fomos andando, e a alça da minha mochila arrebentou no caminho. Não me abalei. Quando cheguei, a Ramona virou a cara para mim. Fui até ela.

— Oi.

Ela não respondeu. Saiu andando. A Maria Paula veio para perto de mim e perguntou se eu já tinha grupo para o trabalho de artes e eu disse que sim.

— A Ramona disse que não vai mais fazer o trabalho contigo.

— Ela disse?

— Disse.

— Então eu não tenho grupo. O que será que deu na Ramona?

— Não sei.

— Eu vou lá falar com ela.

Antes de tocar o sinal, eu fui até ela.

— O que foi? Eu fiz alguma coisa que tu não gostou?

— Cara, eu salvei a tua vida.

Olhei para os lados, como se buscasse a origem daquela frase. Acho que ela estava falando do quase afogamento.

— Mas...

— Sim, sim, tecnicamente, foi o irmão da Maria Paula, mas fui eu que fui lá e fiz a respiração...

— Não é isso, né, Ramona?

— É isso sim, o que mais seria?

Dei um passo à frente e fiquei bem perto dela. Fui aproximando meu rosto e dei um beijo na boca dela. Eu mesma estava experimentando aquilo, não sabia direito, a gente nunca sabe como beijar alguém pela primeira vez, às vezes encaixa, às vezes precisa de tempo para encaixar, às vezes nunca dá certo. Deixei meus lábios colados nos dela por uns segundos e senti os lábios dela amolecendo um pouco e depois tensionando e depois puxando de leve. Era mesmo um beijo. Muito melhor do que aquele com o Eduardo na festa do Tomás e totalmente inesperado. Parei e dei um passo atrás.

— É isso? — eu disse e a Ramona ficou com a boca aberta sem fazer nenhum som, os olhos fixados em mim, até que grunhiu algo sem sentido. Suspirei. — Se tu não falar nada, e-eu não tenho como saber.

Nós duas estávamos nervosas.

— É.

— Finalmente — meu irmão disse quando passou pela gente. Fez um joinha para a Ramona e ela fez outro para ele.

— Tu falou disso pro Mateus?

— Pra quem mais eu ia falar?

— Sei lá, pra qualquer pessoa.

Fiz uma careta e ela riu.

— Ele é uma pessoinha legal.

— Sei.

Ela chutou uma pedra.

— O que acontece agora?

— Eu não sei, a gente, sei lá... Fica juntas e vê?

— Tá, e a Maria Paula?

— Eu termino com ela.

— Eu sabia que tava rolando uma coisa entre...

— Ramona, é brincadeira, não tem nada acontecendo entre a gente.

Não tinha mesmo. Depois eu entendi que a Maria Paula só queria ser minha amiga.

O sinal tocou e entramos para a aula de português.

— Turma, hoje eu tenho uma proposta diferente. — Ninguém se animou. — Hoje vamos trabalhar com tecnologia. — A professora estava começando a ganhar um pouco da nossa atenção. — Vamos construir cápsulas do tempo. — Agora estávamos nas suas mãos. — Vamos escrever cartas para os nossos eus mais novos e vamos lacrar para ler só daqui dez anos o que escrevemos.

— Não entendi, sora. Por que não é pros nossos eus do futuro, já que vamos abrir no futuro?

— Porque todo mundo faz isso. Mas e se a gente pensar o tempo e a memória de outro jeito? E se isso aqui fizer sentido tanto para vocês crianças quanto para vocês adultos, daqui a alguns anos?

— Acho que não tá fazendo sentido nenhum — a Ramona cochichou para mim. — Tu entendeu?

— Acho que sim.

Ela fez uma careta e sacudiu a cabeça, como quem pedia uma explicação. Eu não tinha uma explicação.

— Sei lá... Eu acho que lembrar da gente, tipo, contar uma história da gente, é bom, é um exercício pra se compreender no agora. — Parei. — Entendeu?

— Não sei.

— Assim — fiz uma pausa e apertei os lábios — se a gente vai se lembrando de como a gente era e de como a gente chegou aqui, fica mais fácil pensar na gente agora, entende? Tipo uma construção. Agora eu tô aqui — toquei minha barriga com a palma da mão —, eu sei quem eu sou, quer dizer, eu acho que sei. E quem sabe no futuro eu ainda saiba quem eu era pra saber quem eu serei. Entende?

Fiquei meio impressionada comigo mesma. Ramona tinha a boca semiaberta.

— E tu acha que isso vai evitar problemas e dias ruins?

Pensei um pouco.

— Acho que não.

— Nem péssimos dias?

— Não sei.

Eu não sabia mesmo.